且讀

......

㉟

散文精读

毕淑敏

毕淑敏 著

浙江人民出版社

图书在版编目（CIP）数据

散文精读. 毕淑敏 / 毕淑敏著. —杭州 ：浙江人
民出版社，2022.3
　ISBN 978-7-213-10460-2

　Ⅰ. ①散… Ⅱ. ①毕… Ⅲ. ①散文集–中国–当
代 Ⅳ. ①I126

　中国版本图书馆CIP数据核字（2022）第012403号

散文精读·毕淑敏

毕淑敏 　著

出版发行：浙江人民出版社（杭州市体育场路347号 邮编 310006）

　　　　　市场部电话：(0571)85061682 85176516

责任编辑：余慧琴

助理编辑：张 伟

营销编辑：陈雯怡 陈芊如

责任校对：陈 春

责任印务：陈 峰

封面设计：观止堂_未氓

电脑制版：杭州天一图文制作有限公司

印　　刷：浙江新华印刷技术有限公司

开　　本：880毫米×1230毫米 1/32 印 张：6.875

字　　数：128千字 插 页：4

版　　次：2022年3月第1版 印 次：2022年3月第1次印刷

书　　号：ISBN 978-7-213-10460-2

定　　价：36.00元

毕淑敏

1	3
2	4

❶ 毕淑敏结婚照

❷ 毕淑敏与法国记者友人合影

❸ 20世纪70年代任军医时的毕淑敏

❹ 毕淑敏全家福（摄于1958年）

昆仑殇

毕淑敏

二十世纪七十年代第一个冬天，世界上发射有军事卫星的国家，自高空所摄我国昆仑山地区的照片中，发现了一条奇异的曲线。

这是什么？

新式武器试验场？国防级秘的防线？中国人修筑的马其诺防线？抑或又一座新的长城？

这是什么？

情报人员输入电脑之中，行到高精度分解仪器经过连续动态追索，电脑显示出最终结论之后，他们惊愕了。

海拔五千米以上的高原冻土地带，摄氏零下四十度的严寒，这些缓步行进的中国军人们究竟要干什么？

他们等待着这样的清冷，我望着我国在那里战斗，曲线顽强地伸展，延伸……

昆仑防区作战音里的会议，已经开了思整一天了。

桃花瓣幕幕缓缓垂落，会议桌上的所有参磁都蓝若了鸦草，像贵宾似的来到乡下村舍人撒上来的寒，敬慕和地望上的原展，漪行倒则，

目录

抒情

散文精读·毕淑敏
∨

感悟

散文精读·毕淑敏
∨

人物

哲思

抒情

造　心

　　蜜蜂会造蜂巢。蚂蚁会造蚁穴。人会造房屋、机器，造美丽的艺术品和动听的歌。但是，对于我们最重要最宝贵的东西——自己的心，谁是它的建造者？

　　孔雀绚丽的羽毛，是大自然物竞天择造出的。白杨笔直刺向碧宇，是密集的群体和高远的阳光造出的。清香的花草和缤纷的落英，是植物吸引异性繁衍后代的本能造出的。卓尔不群坚韧顽强的性格，是禀赋的优异和生活的历练造出的。

　　我们的心，是长久地不知不觉地以自己的双手，塑造而成的。

　　造心先得有材料。有的心是用钢铁造的，沉黑无比。有的心是用冰雪造的，高洁酷寒。有的心是用丝绸造的，柔滑飘逸。有的心是用玻璃造的，晶莹脆薄。有的心是用竹子造的，锋利多刺。有的心是用木头造的，安稳麻木。有的心是用红土造的，粗糙朴素。有的心是用黄连造的，苦楚不堪。有的心是用垃圾造的，面目可憎。有的心是用谎言造的，百孔千疮。有的心是用尸骸造的，腐恶熏天。有的心是用眼镜蛇的唾液造的，剧毒凶残。

造心要有手艺。一只灵巧的心，缝制得如同金丝荷包。一罐古朴的心，醇厚得好似百年老酒。一枚机敏的心，感应快捷电光石火。一颗潦草的心，门可罗雀疏可走马。一摊胡乱堆就的心，乏善可陈杂乱无章。一片编织荆棘的心，暗设机关处处陷阱。一道半是细腻半是马虎的心，好似白蚁蛀咬的断堤。一朵绣花枕头内里虚空的心，是假冒伪劣心界的水货。

造心需要时间。少则一分一秒，多则一世一生。片刻而成的大智大勇之心，未必就不玲珑。久拖不决的谨小慎微之心，未必就很精致。有的人，小小年纪，就竣工一颗完整坚实之心。有的人，须发皆白，还在心的地基挖土打桩。有的人，半途而废不了了之，把半成品的心扔在荒野。有的人，行百里者半九十，丢下不曾结尾的工程。有的人，精雕细刻一辈子，临终还在打磨心的剔透。有的人，粗制滥造一辈子，人未远行，心已灶冷坑灰。

心的边疆，可以造得很大很大。像延展性最好的金箔，铺设整个宇宙，把日月包涵。没有一片乌云，可以覆盖心灵辽阔的疆域。没有哪次地震火山，可以彻底颠覆心灵的宏伟建筑。没有任何风暴，可以冻结心灵深处喷涌的温泉。没有某种天灾人祸，可以在秋天让心的田野颗粒无收。

心的规模，也可能缩得很小很小，只能容纳一个家，一个人，一粒芝麻，一滴病毒。一丝雨，就把它淹没了。一缕风，就把它粉碎了。一句谎言，就让它痛不欲生。一个阴谋，就置它万劫不复。

心可以很硬，超过人世间已知的任何一款金属。心可以很软，如泣如诉如绢如帛。心可以很韧，千百次的折损委屈，依旧平整如初。心可以很脆，一个不小心，顿时香消玉殒。

造心的时候，可以有很多讲究和设计。

比如预埋下一处心灵的生长点，像一株植物，具有自动修复、自我养护的神奇功能。心受了创伤，它会挺身而出，引导心的休养生息，在最短的时间内，使心整旧如新。

比如高高竖起心灵的避雷针，以便在危急时刻，将毁灭性的灾难导入地下，耐心等待雨过天晴。

比如添加防震防爆的性能，在心灵遭受短时间高强度的残酷打击下，举重若轻，镇定地维持蓬勃稳定。

比如……

优等的心，不必华丽，但必须坚固。因为人生有太多的压榨和当头一击，会与独行的心灵，在暗夜狭路相逢。如果没有精心的特别设计，简陋的心，很易横遭伤害一蹶不振，也许从此破罐破摔，再无生机。没有自我康复本领的心灵，是不设防的大门。一眼小伤，便漏尽全身膏血。一星火药，便烧毁绵延的城堡。

心为血之海，那里汇聚着每个人的品格智慧精力情操，心的质量就是人的质量。有一颗仁慈之心，会爱世界爱人爱生活，爱自身也爱大家。有一颗自强之心，会勤学苦练百折不挠，宠辱不惊大智若愚。有一颗尊严之心，会珍惜自然善待万物。有一颗流量充沛羽翼丰满的心，会乘上幻想的航天飞机，抚摸月亮的肩膀。

造心是一项艰难漫长的工程，工期也许耗时一生。通常是母亲的手，在最初心灵的模型上，留下永不消退的指纹。所以普天下为人父母者，要珍视这一份特别庄重的义务与责任。

当以我手塑我心的时候，一定要找好样板，郑重设计，万不可草率行事。造心当然免不了失败，也很可能会推倒重来。不必气馁，但也不可过于大意。因为心灵的本质，是一种缓慢而精细的物体，太多的揉搓，会破坏它的灵性与感动。

造好的心，如同造好的船。当它下水远航时，蓝天在头上飘荡，海鸥在前面飞翔，那是一个神圣的时刻。会有台风，会有巨涛。但一颗美好的心，即使巨轮沉没，它的颗粒也会在海浪中，无畏而快乐地燃烧。

提醒幸福

我们从小就习惯了在提醒中过日子。天气刚有一丝风吹草动，妈妈就说，别忘了多穿衣服。才相识了一个朋友，爸爸就说，小心他是个骗子。你取得了一点成功，还没容得乐出声来，所有关切着你的人一起说，别骄傲！你沉浸在欢快中的时候，自己不停地对自己说：千万不可太高兴，苦难也许马上就要降临……

我们已经习惯于提醒，提醒的后缀词总是灾祸。灾祸似乎成了提醒的专利，把提醒染得充满了淡淡的贬义。

我们已经习惯了在提醒中过日子，看得见的恐惧和看不见的恐惧始终像乌鸦盘旋在头顶。

在皓月当空的良宵，提醒会走出来对你说：注意风暴。于是我们忽略了皎洁的月光，急急忙忙做好风暴来临的一切准备。当我们大睁着眼睛枕戈待旦之时，风暴却像迟归的羊群，不知在哪里徘徊。当我们实在忍受不了等待灾难的煎熬时，我们甚至会恶意地祈盼风暴早些到来。

在许多夜晚，风暴始终没有降临。我们辜负了冰冷如银的月光。

风暴终于姗姗地来了。我们怅然发现，所做的准备多半是没有用的。事先能够抵御的风险毕竟有限，世上无法预计的灾难却是无限的。战胜灾难靠的更多的是临门一脚，先前的惝惝不安帮不上忙。

当风暴的尾巴终于远去，我们守住零乱的家园。气还没有喘匀，新的提醒又智慧地响起来，我们又开始对未来充满恐惧的期待。

人生总是有灾难。其实大多数人早已练就了对灾难的从容，我们只是还没有学会在灾难间隙快活。我们太多注重了自己警觉苦难，我们太忽视提醒幸福。

请从此注意幸福！

幸福也需要提醒吗？

提醒注意跌倒……提醒注意路滑……提醒受骗上当……提醒宠辱不惊……先哲们提醒了我们一万零一次，却不提醒我们幸福。

也许他们认为幸福不提醒也跑不了的。也许他们以为好的东西你自会珍惜，犯不上谆谆告诫。也许他们太崇尚血与火，觉得幸福无足挂齿。他们总是站在危崖上，指点我们逃离未来的苦难。

但避去苦难之后的时间是什么？

那就是幸福啊！

享受幸福是需要学习的，当幸福即将来临的时刻需要提醒。人可以自然而然地学会感官的享乐，人却无法天生地掌握幸福的韵律。灵魂的快意同器官的舒适像一对孪生兄弟，时而相傍相依，时而南辕北辙。

幸福是一种心灵的震颤，它像会倾听音乐的耳朵一样，需要不断的训练。

简言之，幸福就是没有痛苦的时刻。它出现的频率并不像我们想象的那样少。人们常常在幸福的金马车已经驶过去很远时，才捡起地上的金鬃毛说，原来我见过它。

人们喜爱回味幸福的标本，却忽略幸福披着露水散发清香的时刻。那时候我们往往步履匆匆，瞻前顾后不知在忙着什么。

世上有预报台风的，有预报蝗虫的，有预报瘟疫的，有预报地震的。没有人预报幸福。

其实幸福和世界万物一样，有它的征兆。

幸福常常是朦胧地、很有节制地向我们喷洒甘霖。你不要总希冀轰轰烈烈的幸福，它多半只是悄悄地扑面而来。你也不要企图把水龙头拧得更大，使幸福很快地流失。而需静静地以平和之心，体验幸福的真谛。

幸福绝大多数是朴素的。它不会像信号弹似的，在很高的天际闪烁红色的光芒。它披着本色的外衣，亲切温暖地包裹起我们。

幸福不喜欢喧嚣浮华，常常在黯淡中降临。贫困中相濡以沫的一块糕饼，患难中心心相印的一个眼神，父亲一次粗糙的抚摸，女友一个温馨的字条……这都是千金难买的幸福啊。像一粒粒缀在旧绸子上的红宝石，在凄凉中愈发熠熠夺目。

幸福有时会同我们开一个玩笑，乔装打扮而来。机遇、友情、成功、团圆……它们都酷似幸福，但它们并不等同于幸福。幸福会借了它们的衣裙，袅袅婷婷而来，走得近了，揭去帷幔，才发觉它有钢铁般的内核。幸福有时会很短暂，不像苦难似的笼罩天空。如果把人生的苦难和幸福分置天平两端，苦难体积庞大，幸福可能只是一块小小的矿石。但指针一定会向幸福这一侧倾斜，因为它有生命的黄金。

幸福有梯形的切面，它可以扩大也可以缩小，就看你是否珍惜。

我们要提高对于幸福的警惕，当它到来的时刻，激情地享受每一分钟。据科学家研究，有意注意的结果比无意要好很多。

当春天的时候，我们要对自己说，这是春天啦！心里就会泛起茸茸的绿意。

幸福的时候，我们要对自己说，请记住这一刻！幸福就会长久地伴随我们。

那我们岂不是拥有了更多的幸福！

所以，丰收的季节，先不要去想可能的灾年，我们还有漫长的冬季，来得及考虑这件事。我们要和朋友们跳舞唱歌，渲染喜悦。既然种子已经回报了汗水，我们就有权沉浸幸福。不要管以后的风霜雨雪，让我们先把麦子磨成面粉，烘一个香喷喷的面包。

所以，当我们从天涯海角相聚在一起的时候，请不要踟蹰片刻后的别离。在今后漫长的岁月里，有无数孤寂的夜晚可以独自品尝愁绪。现在的每一分钟，都让它像纯净的酒精，燃烧成幸福的淡蓝色火焰，不留一丝渣滓。让我们一起举杯，说：我们幸福。

所以，当我们守候在年迈的父母膝下时，哪怕他们鬓发苍苍，哪怕他们垂垂老矣，你都要有勇气对自己说：我很幸福。因为天地无常，总有一天你会失去他们，会无限追悔此刻的时光。

幸福并不与财富地位声望婚姻同步，它只是你心灵的感觉。

所以，当我们一无所有的时候，我们也能够说，我很幸福。因为我们还有健康的身体。当我们不再享有健康的时候，那些最勇敢的人可以依然微笑着说：我很幸福。因为我还有一颗健康的心。甚至当我们连心都不再存在的时候，那些人类最优秀的分子仍旧可以对宇宙大声说：我很幸福。因为我曾经生活过。

常常提醒自己注意幸福，就像在寒冷的日子里经常看看太阳，心就不知不觉暖洋洋亮光光。

离太阳最近的树

三十年前，我在西藏阿里当兵。

这世界的第三极，平均海拔五千米，冰峰林立，雪原寂寥。不知是神灵的佑护还是大自然的疏忽，在荒漠的皱褶里，有时会不可思议地生存着一片红柳丛。它们有着铁一样锈红的枝干，凤羽般纷披的碎叶，偶尔会开出谷穗样细密的花，对着高原的酷寒和缺氧微笑。这高原的精灵，是离太阳最近的绿树，百年才能长成小小的一蓬。到藏区巡回医疗，我骑马穿行于略带苍蓝色调的红柳丛中，曾以为它必与雪域永在。

一天，司务长布置任务——全体打柴去！

我以为自己听错了，高原之上，哪里有柴！

原来是驱车上百公里，把红柳挖出来，当柴火烧。

我大惊，说，红柳挖了，高原上仅有的树不就绝了吗？

司务长回答，你要吃饭，对不对？饭要烧熟，对不对？烧熟要用柴火，对不对？柴火就是红柳，对不对？

我说，红柳不是柴火。它是活的，它有生命。做饭可以用汽油，可以用焦炭，为什么要用高原上唯一的绿色！

司务长说，拉一车汽油上山，路上就要耗掉两车汽油。焦炭运上来，一斤的价钱等于六斤白面。红柳是不要钱的，你算算这个账吧！

挖红柳的队伍，带着铁锹、镐头和斧，浩浩荡荡地出发了。

红柳通常都是长在沙丘上。一座结实的沙丘顶上，昂然立着一株红柳。它的根像一柄巨大章鱼的无数脚爪，缠附至沙丘逶迤的边缘。

我很奇怪，红柳为什么不找个背风的地方猫着呢？生存中也好少些艰辛。老兵说，你本末倒置了。不是红柳长在沙丘上，是因为有了这棵红柳，固住了流沙。随着红柳的渐渐长大，流沙被固住的越来越多，最后便聚成了一座沙山。红柳的根有多广，那沙山就有多大。

啊，红柳如同冰山。露在沙上的部分只有十分之一，伟大的力量埋在地下。

红柳的枝叶算不得好柴薪。它们在灶膛里像闪电一样，转眼就释放完了，炊事员说它们一点后劲也没有。真正顽强的是红柳强大的根系。它们如盘卷的金属，坚挺而硬韧，与沙砾黏结得如同钢筋混凝土。一旦燃烧起来，持续而稳定地吐出熊熊的热量，好像把千万年来，从太阳那里索得的光芒，压缩后爆裂出来。金红的火焰中，每一块红柳根，都弥久地维持着盘根错节的开头，好像一颗傲然不屈的英魂。

把红柳根从沙丘掘出，蕴含着很可怕的工作量。红柳与土地生死相依，人们要先费几天的时间，将大半个沙山掏净。这样，红柳就枝丫遒劲地腾越在旷野之上，好似一副镂空的恐龙骨架。这时需请来最有力气的男子汉，用利斧，将这活着的巨型根雕与大地最后的联系，一一斩断。整个红柳丛就訇然倒下了。

连年砍伐，人们先找那些比较幼细的红柳下手，因为所费气力较少。但一年年过去，易挖的红柳绝迹，只剩那些最古老的树根了。

掏挖沙山的工期越来越漫长，最健硕有力的小伙子，也折不断红柳苍老的手臂了。于是人们想出了高技术的法子——用炸药！

只需在红柳根部，挖一条深深的巷子，用架子把火探进去，人伏得远远的，将长长的药捻点燃。深远的寂静之后，只听"轰"的一声，再幽深的树怪，也尸骸散地了。

我们风餐露宿。今年可以看到，去年被掘走红柳的沙丘，好像做了眼球摘除术的伤员，依旧大睁着空洞的眼睑，怒向苍穹。但这触目惊心的景象不会持续太久，待到第三年，那沙丘已烟消云散，好像此地从来不曾生存过什么千年古木，堆聚过亿万颗沙砾。

听最近到过阿里的人讲，红柳林早已掘净烧光，连根须都烟消灰灭了。

有时深夜，我会突然想起那些高原上的"原住民"，它们的魂魄，如今栖息在何处云端？会想到那些曾经被固住的黄沙，是否已飘洒到世界各地？从屋子顶上扬起的尘雾，通常会飞得十分遥远。

家　问

　　家是什么？

　　家会很小很小，螺蛳壳是蜗牛的家。家会很大很大，宇宙是星星的家。

　　家会很轻很轻，像一粒浮尘，被人一指掸掉，不留一丝痕迹。家会很重很重，像一座铅山，压在脊上，寸步难行。

　　家会很快乐很幸福，像一眼不老的喜泉。家会很凄楚很悲凉，像一汪深不可测的泪潭。

　　问年轻人：家是什么？

　　他们回答：家是粉红色的玫瑰，有刺更有蕾。家是甜蜜的吻、热烈的拥抱、柔情似水的情话和思念时的邮票。

　　问中年人：家是什么？

　　他们回答：家是心灵与肉体的港湾，能停泊万吨巨轮也能栖息独木小舟。家是无私的付出与接纳，家是脱去疲劳的热水澡。家是一个苹果，你一大口，我一小口。家是一副重担，我愿这边的力臂短，你那边的力臂长。

问老年人：家是什么？

他们回答：家是黄昏湖边的搀扶，家是灯下互相剪去丝丝白发。家是一件旧风衣，风也是它雨也是它。家是虽非一见钟情，却望白头偕老的漫漫旅程。家是墓前的一枝黄菊。

问孩子：家是什么？

他们回答：家是妈妈柔软的手和爸爸宽阔的肩膀，家是一百分时的奖赏和不及格时的斥骂。家是可以耍赖撒谎当皇帝，也得俯首听命当奴隶的地方。家是既让你高飞又用一根线牵扯的风筝轴。

问情人：家是什么？

他们回答：家是舔着伤口的两只狼，家是荷尔蒙的汹涌分泌。家是一日不见，如隔三秋。家是猜忌、争执、思恋、指责的杂耍场。家是枕边泪窗前月，家是今夜你会不会来？

问养家的人：家是什么？

他说，家不是勋章，你挂在胸前，别人也看不见。家是一条暗地里逼你不断挣钱的鞭子，直抽得你遍体鳞伤。

问弃家的人：家是什么？

他说：家是一种能力，一种学习。我自忖无力从那里毕业，就中途逃亡了。

问无家的人：家是什么？

他说：家是羁绊，家是约束，家是熄灭人创造激情的沼泽地，家是一种奢侈的靡费。

问恋家的人：家是什么？

他说：家是树上的喜鹊窝。纵然世界毁灭了，只要家在，依然有一切。

问恨家的人：家是什么？

他说：家是爱情的终点，家是英雄的坟墓。家是累赘，家是负担。家是挂在你项上的枷锁，家是你出卖自身的契约。

我不知世上还有另外的场所，会如此众说纷纭，褒贬不一。

综观家庭，是大千世界的缩影。人们在家中卸去重重角色的面具，露出天然嘴脸，最坦率最赤裸。人性的善与丑，方寸之间，纤毫毕现。一代伟人，能治理好一个国家，未必能调整好一个家。能统率千军万马的将军，可能是妇孺裙钗下的败将。

有人以为家是最自由最放任的所在，可以放荡不羁。其实，家是最考验责任感的圣坛。对一个你所挚爱的人，都不忠诚，你还能为世人所信吗？对一个托付终身的人，都无法负起责任，你还能承诺他人的期嘱吗？连自己的一脉血缘都不能照料和抚育，你还能爱国爱民吗？在家中，我们看到了太多的丑恶。对亲人施暴的人，不可能对他人仁慈。在家中阴郁的人，不可能对太阳微笑。在家中诡计多端的人，不可能真诚对待友人。在家中粉饰虚伪的人，不可能直面惨淡的人生。

如果没有准备好，请不要撕下走进家庭的门票。如果没有爱自己也爱他人的能力，请不要构造家庭的地基。

很多人抱着从家庭掠取支援的动机，匆匆为自己寻一个可供汲取能量的后勤仓库。殊不知，家庭不是无中生有变出魔力的黑斗篷。家庭的温暖，先要无私无偿地培养和付出，然后才能像春草，毛茸茸地生长起来。一旦失去爱情的滋养，再稳固的家也会很快风化。爱的力量，有时很巨大，有时很贫瘠，全看你是否以心血灌溉。

家庭里如果没有神圣感和勇气，请别要孩子。家庭缔结之时，并不是简单的男女人数相加，而是诞生了另样的结构，一个崭新的物种。这个物种的花朵和果实，就是孩子。

一花一世界，一家一宇宙。婴儿降临世上，家是包裹他的蛹壳。倘若家中注满健康的爱的花粉，他就吸吮着它，用爱滋养构建着自己的听觉嗅觉知觉，渐渐地酿成心中小小的蜜盏。在爱中长大的孩子，爱是他的羽衣，爱是他的长矛。在爱中蓬勃成长的孩子，他看天下，就比较的明朗。他看人性，就比较的乐观。他看自身，就比较的尊严。他看他人，就比较的客观。他看丑恶，就比较的勇敢。他看前途，就比较的光明。他看事物，就比较的冷静。他看死亡，就比较的泰然。

在纷乱和丑恶的气氛中成长的孩子，是伪劣家庭的痛苦产品。他们在家中最先看到并习得的待人处世经验，是破碎疏离和粗暴残酷。他们是那样幼小，缺乏分辨的能力，以为这就是人世间的模型。当他们走进社会的时候，会不由自主地以不良家庭的模式对待他人，将紊乱与不和谐传染到更远的范畴。更令人惊惧的是，来自不完美家庭的孩子们，彼此具有病态的吸引力，仿佛冥冥中有一块恶作剧的磁石，牵引性格有缺憾的男女，使他们格外同病相怜，迫不及待地走到一起。病态中建立的家庭，如履薄冰，全是悲剧。如果不能卓有成效地打断铰链，这种会伤人的家庭，就像顽强的稗草，代代相传，贻害无穷。

　　家可以很单纯，一个人也是一个完整的家。家可以很复杂，整个地球是一个共同的屋顶。

　　家啊，是理解奉献思念呵护，是圣洁宽容接纳和谐，是磨合欣赏忠诚沟通，是心心相印浪漫曲折生死相依海角天涯。

青虫之爱

我有一位闺中好友，从小怕虫子。不论什么品种的虫子都怕。披着蓑衣般茸毛的洋辣子，不害羞地裸着体的"吊死鬼"，一视同仁地怕。甚至连雨后的蚯蚓，也怕。放学的时候，如果恰好刚停了小雨，她就会闭了眼睛，让我牵着她的手，慢慢地在黑镜似的柏油路上走。我说，迈大步！她就乖乖地跨出很远，几乎成了体操动作上的"劈叉"，以成功地躲避正蜿蜒于马路上的软体动物。在这种瞬间，我可以感受到她的手指如青蛙腿般弹着，不但冰凉，还有密集的颤抖。

大家不止一次地想法治她这心病，那么大的人了，看到一个小小毛虫，哭天抢地的，多丢人啊！早春的一天，男生把飘落的杨花坠，偷偷地夹在她的书页里。待她走进教室，我们都屏气等着那心惊肉跳的一喊，不料什么声响也未曾听到。她翻开书，眼皮一翻，身子一软，就悄无声息地瘫倒在桌子底下了。

从此再不敢锻炼她。

许多年过去，各自都成了家，有了孩子。一天，她到我家中做客，我下厨，她在一旁帮忙。我择柿子椒的时候，突然从旁钻出一条青虫，胖如蚕豆，背上还长着簇簇黑刺，好一条险恶的虫子。因为事出意外，怕那虫蜇人，我下意识地将半个柿子椒像着了火的手榴弹一样扔出老远。

待柿子椒停止了滚动，我用杀虫剂将那虫子扑死，才想起酷怕虫的女友，心想刚才她一直目不转睛地和我聊着天，这虫子一定是入了她的眼，未曾听到她惊呼，该不是吓得晕厥过去了吧？

回头寻她，只见她神态自若地看着我，淡淡地说，一条小虫，何必如此慌张？

我比刚才看到虫子还愕然地说，啊，你居然不怕虫子了？吃了什么抗过敏药？

女友苦笑说，怕还是怕啊。只是我已经能练得面不改色，一般人绝看不出破绽。刚开始的时候，我就盯着一条蚯蚓看，因为我知道它是益虫，感情上接受起来比较顺畅。再说，蚯蚓是绝对不会咬人的，安全性能较好……这样慢慢举一反三，现在我无论看到有毛没毛的虫子，都可以把惊恐压制在喉咙里。

我说，为了一条小虫子，下这么大的功夫，真有你的。值得吗？

女友很认真地说，值得啊。你知道我为什么怕虫子吗？

我撇撇嘴说，我又不是你妈，怎么会知道啊！

女友拍着我的手说，你可算说到点子上了，怕虫就是和我妈有关。我小的时候，是不怕虫子的。有一次，妈妈听到我在外面哭，急忙跑出去一看，见我的手背又红又肿，旁边两条大花毛虫正在缓缓爬走。妈妈知道我叫虫蜇了，赶紧往我手上抹牙膏，那是老百姓止痒解毒的土法。以后，她只要看到我的身旁有虫子，就大喊大叫地吓唬我……一来二去的，我就成了条件反射，看到虫子，灵魂出窍。

后来如何好的呢？我追问。依我的医学知识，知道这是将一个刺激反复强化，最后，女友就成了生理学家巴甫洛夫教授的案例，每次看到虫子，就恢复到童年时代的大恐惧中。世上有形形色色的恐惧症，有的人怕高、有的人怕某种颜色，我曾见过一位女士，怕极了飞机起飞的瞬间，不到万不得已，她是绝不搭乘飞机的。一次实在躲不过，上了飞机。系好安全带后，她骇得脸色刷白，飞机开始滑动，她竟号啕痛哭起来……中国古时的"一朝被蛇咬，十年怕井绳"说的也是这回事。只不过杯弓蛇影的起因，有的人记得，有的人已遗忘在潜意识的晦暗中。在普通人看来是微不足道的小事，对当事人来说，是痛苦煎熬，治疗起来十分困难。

女友说，后来有人要给我治，说是用"逐步脱敏"的办法。比如先让我看虫子的画片，然后再隔着玻璃观察虫子，最后直接注视虫子……

原来你是这样被治好的啊！我恍然大悟道。

嗨！我根本就没用这个法子。我可受不了，别说是看虫子的画片了，有一次到饭店吃饭，上了一罐精致的补品。我一揭开盖，看到那漂浮的虫草，当时就把盛汤的小罐摔到地上了……女友抚着胸口，心有余悸地讲着。

我狐疑地看了看自家的垃圾桶，虫尸横陈，难道刚才女友是别人的胆子附体，才如此泰然自若？我说，别卖关子了，快告诉我你是怎样重塑了金身？

女友说，别着急啊，听我慢慢说。有一天，我抱着女儿上公园，那时她刚刚会讲话。我们在林荫路上走着，突然她说，妈妈……头上……有……她说着，把一缕东西从我的头发上摘下，托在手里，邀功般地给我看。

我定睛一看，魂飞天外，一条五彩斑斓的虫子，在女儿的小手内，显得狰狞万分。

我第一反应是像以往一样昏倒，但是我倒不下去，因为我抱着我的孩子。如果我倒了，就会摔坏她。我不但不曾昏过去，神智也是从来没有的清醒。

第二反应是想撕肝裂胆地大叫一声。因为你胆子大，对于在恐惧时惊叫的益处可能体会不深。其实能叫出来极好，可以释放高度的紧张。但我立即想到，万万叫不得。我一喊，就会吓坏了我的孩子。于是我硬是把喷到舌尖的惊叫咽了下去，我猜那时我的脖子一定像吃了鸡蛋的蛇一样，鼓起了一个大包。

现在，一条虫子近在咫尺。我的女儿用手指抚摸着它，好像那是一块冷冷的斑斓宝石。我的脑海迅速地搅动着。如果我害怕，把虫子丢在地上，女儿一定从此种下了虫子可怕的印象。在她的眼中，妈妈是无所不能无所畏惧的，如果有什么东西把妈妈吓成了这个样子，那这东西一定是极其可怕的。

我读过一些相关的书籍，知道当年我的妈妈，正是用这个办法，让我从小对虫子这种幼小的物体，骇之入骨。即便当我长大之后，从理论上知道小小的虫子只要没有毒素，实在不值得大惊小怪，但我的身体不服从我的意志。我的妈妈一方面保护了我，一方面用一种不恰当的方式，把一种新的恐惧，注入我的心里。如果我大叫大喊，那么这根恐惧的链条，还会遗传下去。不行，我要用我的爱，将这铁链砸断。我颤巍巍地伸出手，长大之后第一次把一条活的虫子，捏在手心，翻过来掉过去地观赏着那虫子，还假装很开心地咧着嘴，因为——女儿正在目不转睛地看着我呢！

虫子的体温，比我的手指要高得多，它的皮肤有鳞片，鳞片中有湿润的滑液一丝丝渗出，头顶的茸毛在向不同的方向摆动着，比针尖还小的眼珠机警怯懦……

女友说着，我在一旁听得毛骨悚然。只有一个对虫子高度敏感的人，才能有如此令人震惊的描述。

女友继续说，那一刻，真比百年还难熬。女儿清澈无瑕的目光笼罩着我，在她面前，我是一个神。我不能有丝毫的退缩，我不能把我病态的恐惧传给她……

　　不知过了多久，我把虫子轻轻地放在了地上。我对女儿说，这是虫子。虫子没什么可怕的。有的虫子有毒，你别用手去摸。不过，大多数虫子是可以摸的……

　　那条虫子，就在地上慢慢地爬远了。女儿还对它扬扬小手，说："拜……"

　　我抱起女儿，半天一步都没有走动。衣服早已被黏黏的汗水浸湿。

　　女友说完，好久好久，厨房里寂静无声。我说，原来你的药，就是你的女儿给你的啊。

　　女友纠正道，我的药，是我自己给我的，那就是对女儿的爱。

冰雪花卉

我喜欢去寿衣店。看那里的花和花缀成的圈。

那里的花呆板而有程序，像是被煮沸而后晾干，毫无活力。

我曾经做过很美的花和最别致的花圈。

那是在一座充满冰雪的山上。山像一个大环，把男兵和女兵圈在里面。在我们之前和之后，那里都没有过女兵，我们便成为一个例外。

男兵们守在国界上，女兵们在后方。女兵们像嫩绿的豌豆粒，包裹着一层透明的水泡，只能看，不能摸。

女兵们很安全也很寂寞，没有几个男兵同她们说话。她们便觉得自己被冷落了。其实，每天夜里，她们都在许多男兵的梦境里走来走去。

班里我年纪最小，知道的事情又多又客观。

一天，我们正在做棉签。白白的棉丝缠在女孩们的手指间，仿佛那里有一只只成熟的蚕。

一个很年轻潇洒的军人站在了我们面前。他是司令部干练的林参谋。

"请你们做几个花圈。"林参谋站得笔直地说。

"什么花圈?"班长问。班长是长得最丑的女兵,但我们都听她的。

"就是……死人的事是经常发生的。今后我们的队伍里,不管死了谁,我们都要给他送葬,开追悼会……追悼会需要花圈。"林参谋说。

我们都知道这段话,现在更感觉到它的英明与沉重。

国界,是经常需要用血来打磨光滑的,不然,就会出现许多毛刺。

我们手中的蚕在这一瞬变成了蛹。

"牺牲了三个战士。以前,我们是不做花圈的,因为男人们都不会。今后,要送花圈。因为大家都说——既然雪山上有了你们。"林参谋讲得很肯定。我相信他以后能当将军。

"可是,我们也不会做花呀!"小宛抢着说。她是我们之中最漂亮的女孩。

"女人,怎么还能不会做花?"林参谋惊讶地耸着他那像鹰翅一样的眉毛。幸好他的羊皮军帽严肃地压住眉梢,否则眉毛会飞走的。听说在边境作战的时候他非常勇敢,在这一瞬,我不大相信这说法。

"是女人,便都该会做花吗?我们之所以到雪山来,不就是为了证明男人和女人都一样吗?"

小宛很厉害地同林参谋争辩。于是我们都插不上嘴,只听她一个人说话。

"女人们当然应该会做花。不会做花的,算什么女人!"林参谋很喜欢同小宛吵下去,但首长的命令一定要执行,他硬起心肠说。

小宛觉得在我们面前丢了面子,便掉下眼泪,对我们说:"你们也不帮我说话!"

我们当然很想帮她,只是不知道该说什么。

"我会扎花。"班长直到这会儿才说话。她原来只是听说小宛想同林参谋好,现在信了。

"那你为什么不早说!"我们都埋怨她。

"要有纸,彩色的。"班长是农村兵,会纳鞋底,绣鞋垫。

"有,有。"林参谋说着,从屋外抱进一大捆各色的纸。仿佛落雨天马路上铺了一汪汽油油彩,薄而娇艳。

大家立刻喜欢上了这些纸,愿意跟班长学做花。雪山上没有花,更没有这许多颜色。天是蓝的,雪是白的,被大风卷去了积雪的新鲜岩石是赭色的。我们已经快把这些美丽的颜色忘记了。忘记一种颜色不像忘记一句话,你会永远想不起它。

我们非常高兴,开始跟着班长做花。班长把人分成几组,有裁纸的,有折纸的,有用线绑花蒂的。不一会儿,桌子上就堆起一大簇花,好像春天里刮起一阵大风,把花都扫来了。

"不行！不能做哩！"班长把剪子甩到纸捆上。

"为什么不做？"小宛刚做完一朵粉色的花，想把它插在自己的辫梢上。

"没有白花。这太喜庆了！"班长皱着眉。

我们这才记起这些花的用途，一时间屋内很静很静，大家觉得做了对不起烈士的事。

打电话叫来林参谋。他是作战参谋，做花圈是作战的最后一个步骤。

"什么颜色的纸都有，就是没有白纸。"林参谋说。

我们都望向窗外。雪山上有很多很多白色，可惜做不成花。

"那不成，"班长很强硬地说，"找吧！"

林参谋跑走了。他跑得很快，在雪山上是不兴这样像马儿一样跑的，跌倒了就会永远爬不起来。可是林参谋没跌倒，他抱着一大摞白色的公文纸跑回来，说："行吗？"

班长说："不行。没有皱纹，同别的纸不般配。再说，纸也太小，只能做出茶盅一样大小的花。"

林参谋这一次没有说话也没有跑。整个部队都没有又白又有皱纹的纸。向山下基地要，就是用特急电报把话儿捎去，也要半个月后才能把纸送上来。烈士们是一定等不及的。

"茶盅就茶盅吧！"班长叹了口气，又说，"花圈花圈，有花还得有圈。花归了女人们，圈可是男人的事。"

林参谋便去做圈。

白花确实很难做，先要把无格公文纸上的红色抬头裁去，剩下的纸片便只有包裹上钉的写字那块白布大小。为了和彩色皱纹纸配套，要在白纸上抽出皱纹来。

班长取来一支筷子，把公文纸像擀面条似的缠在筷子上。一定要缠紧，千万不能松了，一松，纹路就不细腻了。然后用两手握住筷子两端，猛地朝中间狠劲一挤，纸卷就皱缩到一处了，慢慢打开，一张有着像冰花那样无法预计图案的皱纹纸，就在你面前出现了。

班长做完示范，就把这活交给小宛。小宛用劲大了，纸就像被火燎过一样，裂出大洞。用劲小了，纸像光滑的少女脸庞，毫无纹路。小宛把抽坏了的纸扔在脚下，脚下就盛开了一地梨花。把抽好的纸做成白花，精巧得让人心疼。只是它们太小了，仿佛秋天寒冷的早晨，半开不开的野菊。

"太小了……"班长说。

"我们把几张白纸粘成一大张，不就有了嘛！"我想这么简单的办法，她们怎么就没想到呢！

"不成。那样的纸是抽不成的。"班长和小宛一起说。

"我有一个办法。可是大家要发誓，永不对外人说。"

"我发誓。"我第一个表示决心，主要是太想知道谜底。

"你先讲。大家先别忙着发誓。"到底班长老练。

小宛掀开她的花枕巾，露出她的枕头—— 一个包袱皮裹成的小包板板正正，好像里面有个熟睡的婴儿。她打开包袱皮，掏出一卷雪白而松软的纸——女人家专用的东西。

"这是我当兵时，我妈给的……我一直没舍得用……"

那纸真轻盈。像是一团云。小宛的家在大城市。

"女人家用的东西，恐怕不好……"班长沉吟着。她到底是农村姑娘。

"我们绝不对外人说！"我们异口同声，几乎举起右手。

班长和小宛做白花，又大又丰满，像新蒸出来的精粉馒头，非常新鲜。

白花做得越发多起来，遮盖住了彩色的花，便有了一番冷寂的凄凉。

该往圈子上绑花了，才发现林参谋扎的圈子根本就没法用。

他把旗杆折了，用竹条盘成一个个圆环，套在一起，用铁丝缠牢，像靶架一样精巧美观。

"你为什么不用筷子做一个圈呢？"班长嘲笑他。

小宛挺身而出："我看挺不错的。"

班长看了一眼小宛，又看看林参谋，把竹圈丢在屋外。一阵呼啸的山风把竹圈掠去，竹圈快乐地翻滚着，像一架风车。

班长说："这样的架子怎么能绑花呢！找个麻袋吧！把这些花背了去，洒在墓前。"

小宛出主意："用钢筋焊吧！筑战壕和碉堡不是还剩很多

钢筋吗!"

林参谋用钢筋焊好了圈子,威武嶙峋,像巨大而空洞的铁眼,看着我们。

大家把纸花往钢圈上绑,才发现最初扎花蒂的线绳不中用。钢筋上有许多铁刺,轻轻一蹭,线便像强弓下的琴弦一样绷断,纸花砰然坠下,仿佛遭受了无形的风雨。

"在钢筋上缠上布,这样,铁刺就不那么锋利了。"班长说着掏出一卷绷带,开始熟练地缠绕,仿佛钢圈是一位正在出血的士兵。

"林参谋,剪些细铁丝。在每朵花蕊上刹上一道。这样不但绑得结实,而且花朵不会低头。"小宛吩咐林参谋。

林参谋剪了细铁丝,最先递给班长,然后递给小宛,最后才给我们。

柔弱的纸花扎上了钢铁腰带,精神抖擞。

明天就是下葬的正日子了,我们要连夜绑花。

雪山上每晚只发一小会儿电。为了赶制花圈,今夜通宵供电。别处的灯火都熄灭了,电像洪水似的倾泻在我们屋内,白亮得令人陌生。

我们往钢圈上绑花。一人管白的,一人管红的,一人管黄的……班长说:"白花三朵。"管白花的女孩就走到钢架面前,唰、唰、唰,连绑三朵白花。"红花一朵。"管红花的女孩就走过去……

没有人知道花圈最终是什么样子。那个图案只闪烁在班长眼前。

小宛管的是绿花。那是自然界中不存在的一种花。

我们来来回回像梦幻一样走动。夜已经很深，我们睡意蒙眬。突然，班长说："你们看——"

一个花圈的雏形，已经赫然在目。它像一个正要从母体中娩出的婴儿，带着淋漓的鲜血和蓬勃的生机。在素白的底色上，蜿蜒开放着星辰般灿烂的花卉。赤橙黄绿青蓝紫……不管自然界有无这等颜色的植物，它们在海拔5000米的雪山上，恣意妄为地开放着……

我们被自己的创造所震撼。一个尚未完成的花圈，似乎比一件成品，带给人更多的恐惧。它象征着死亡刚发生。

花圈的主人——几个很年轻很年轻的男孩，此刻，睡得好安稳。

挽联是林参谋写的，他的字很飘逸。有一个烈士的名字里有个字生僻，他练了一遍又一遍，直到写得十分和谐。

女兵们绑完最后一朵花的时候，电灯熄灭了，但是女兵们都没有发现电灯的熄灭，因为天已经大亮。

一个多么好的高原的晴天啊！

女兵们坐卡车护送花圈到墓地去。花在太阳下显得非常艳丽，给雪山带来了从未有过的风采。

本来是准备把花圈抬到墓地的，显出哀思的深重。但是没有人能抬得动花圈。高原偷走了人们的气力，使小伙子变得徒有虚名。

花团锦簇的圆环，像几枚美丽的胸饰，别在雪山的衣襟上。那半球形的几抔新土，已变成山的一部分，毫不惊心触目。

队伍默哀，队伍肃穆。队伍在这美妙的花环前倾倒，死亡也因此不再恐怖。

简短的仪式结束了。队伍已撤走，女兵们却还久久不肯离去。怎么，就这么完了吗？这些美丽的花呢？

林参谋把花圈集中在一起，平地矗起一座花山。

林参谋掏出打火机。风大缺氧，总也打不着。

"你要干什么？"女兵愤怒地把他围住。

"把它们烧掉。"林参谋终于打着了火苗。

"为什么要烧掉？多么美丽的花啊！"小宛恳求林参谋。他们靠得这样近，以致林参谋闻到了真正的花香。

"让开吧。不烧，他们怎么能收到这些花呢。"班长说。

花在火苗温暖的爱抚中，欢畅地舒展开瓣叶，每一朵花都骤然增大，仿佛刚受到雨水的浇灌。整个花圈变为巨大的光环，波光诡谲，腾空跳跃，好像站满彩色的鸽子。女孩们惊奇地看到她们亲手扎制的花朵，在瞬息之间被火偷走了，魔术般地改变了颜色。白色成为银红，红色变为赤紫，蓝色在火中是纯黑，黄色在火中干脆成为咖啡色……火夺走了姑娘们的创造，它制作出一个更大更辉煌的花圈……

燃烧的都燃烧了，一副通红的钢架像恐龙的骨骼，凸现在苍茫的雪原上。烧不烂的铁丝奇形怪状地挂在钢圈上，风弹拨着它们，发出风铃般的叮当声。

火是通往另一个世界的信使，它袅袅地远去了。

"走吧。"卡车司机催促我们。

"再等一等，等凉一凉。"林参谋说。

"等什么凉！我们已经透心凉了！"女孩子们穿着大头鞋的脚使劲跺，冻土上出现杂乱的脚印，仿佛有一群小巧的野兽在这里停留。

"等钢筋凉了，以后还要用。"林参谋抱着双肩说。

我和班长趴在卡车大厢板的最前头。风驰电掣的轮子，把晶莹的冰雪碾得瀑布般飞溅，我们便觉得自己像一头白牦牛从山上扑下，好不惬意。

小宛和林参谋背对我们站在车厢的最后头，手扶着拦阻货物坠落的铁链。我招呼他们站到前头来，他们连头也不回地说不用。

可惜无所不在的山风出卖了他们。风从车尾刮来，像川流不息的传送带，把他们的话送了过来。

"你以后，常来……看看我……"

"不……行……"

"到底是'不'，还是'行'？你说清楚嘛！"

很长很长的间歇，仿佛影片突然中断。我忍不住回过头去看，他们的背影相距很远，看不出丝毫破绽。班长怕打草惊蛇，把我的脖子像拧小鸡似的硬掰了回来。

"为什么?"

"因为……因为你们不可能属于任何一个男人，你们属于整个雪山……"

"那你就再也不来看我们了吗?"

"会来的。不过，你别盼着我来……"

班长忍不住对我说:"这我就放心了!"

我对班长说:"你到底操心什么? 我怎么不知道?"

林参谋的确具有战略眼光。他每次到来都携带花纸和噩耗，还有那周而复始的钢圈。但做花圈的过程充满快乐，我们有条不紊地操作着，配合如行云流水。我们不断地发明创造，设计出人间罕见的花卉。小宛的脸庞是所有花朵中最艳丽的一朵，林参谋也名正言顺地同我们一道忙碌。

"这些花圈太美丽了!"林参谋不止一次由衷地赞叹。

女孩们的花圈，鼓舞着将士们更英勇地保卫着那道国界。

终于有一天。

"请你们做几个花圈。"一个陌生的声音说。

我们大吃一惊，端详着来者。

他很像林参谋，年轻而潇洒。

但他不是林参谋。

那是1971年底，林彪事件的文件传到雪山。大雪封路，已无法通行。为了传达这个重要文件，林参谋接受命令，强行出车了。

他的车出去就再也没有回来。

我们终于深深懂得了什么叫军人的死亡。

那圈，那纸，那闪烁如银的灯光……都同以前一模一样，只是少了那人！

"我们，该给林参谋，做一个，最美丽的，花圈。"小宛讲，她的脸色像灯光一样惨白。

"可是我们所有会做的花样，林参谋都见过了呀！"我着急地说。

"小宛，这件事就交给你。设计一个人世间最美丽的花圈。"班长说。

林参谋下葬的那一天，我们从车上抬下一架特殊的花圈。圈子还是那么大，这是所有的官兵都看熟了的，钢筋不会胀大也不缩小。不同的是，花圈上罩了一层粉红色纸绞成的网子，如纱如梦，仿佛一位新娘的盖头。

肃立的人群像铁壁一样沉默。突然，从纸罩后面传来奇异的滴答声，仿佛那里悬挂着一块巨大的秒表……

呼啸的山风像一只粗暴的手，将纸罩"唰"的一声扯开，抛向无垠的长空。

啊！

冰雪花卉!

铁红色的钢架上,缀满了冰雕的花朵。怒放的花朵宛若水晶般剔透。在璀璨的阳光下,把无数耀眼的金针,抛洒在蓝天之中。

我们站立在冰花圈近旁。少女温馨的气息将雪山万古不化的寒冰嘘热,便有点点滴滴情泪似的水珠,潜然而下。

花瓣渐渐地瘦了,花蕊渐渐地软了,花叶渐渐地垂了,花圈渐渐地小了。

我们没有流泪,所有的泪,都凝到花朵里去了。铁锈色的钢圈像沐在一场豪雨之中,无数溪流酣畅而下,冻土被敲击出无数小坑。

从那一次以后,做花圈的时候,我们再也不说笑。

许多年过去了。

我再没见过比那更美丽的花圈。

也许,该把那冰雪的花卉烧掉。火是生与死之间的独木桥。

大雁落脚的地方

小时候，妈妈偶尔说，你生在新疆巴岩岱。只听音，不知是哪几个字，在幼稚的心里，就以为是"八烟袋"，恍惚中觉得那地方是一块旷野，有很气派的大烟袋码成一排，八柱袅袅的白气上升。

我半岁时随父母到北京，在城墙里长大，再哪儿也没去过。人只道乡下的孩子孤陋寡闻，其实京城的少年于外面的世界，也一样模糊。对荒远的边疆，地理知识几乎是零。几十年前，西北是远在天边的概念，那八个烟袋，谁知在哪个犄角旮旯冒烟呢？

于是巴岩岱又湿又重地扎入我童年的记忆，像墨水瓶底的一支蓝羽毛。

参军学了医，自从懂得了生理解剖生命起源，我对出生地空前地重视起来。我们从哪里来？这是一个永恒的命题。无数学者望洋兴叹，终身寻觅，不得其解。这个深奥的哲学问题，若从医学角度来说，倒是易如反掌。你的母亲孕育你的过程，她行走的地方，吃下的食物，饮入的清水，看过的流云，听到的小调……这些物质精神的元素，累积着架构着混淆着镶嵌着，一秒秒一天天地结晶了你。

你就是你，不是其他的叶子和花，不是猪马羊和狼，不是沙粒和谷子，这其中一定有大逻辑。生命之所以奇异，在于一个个零件的精致组装。把那些新鲜的血和肉搭配起来的主宰者，是一个多么能干而霸道的调酒师啊！想想看，即使是称为你父亲的这一个男人，和被称为你母亲的这一个女人，在这一个特定的时刻孕育了你，如果不是在这一个特定的地域，用当地的特产充填了你生命的轮廓，你也必定不是此番模样。

我们挺拔的骨骼，来自那里飞禽走兽体中的钙和磷。我们明澈的目光，来自那里田野中绿缨垂地的硕壮胡萝卜。我们飘扬的发丝，来自那里山峦上乌云笼罩电光石火的黑夜。我们猩红的嘴唇，来自那个铁匠铺里熊熊燃烧的烈焰……

出生地是一枚隐形的金箍，出生的那一瞬，它就不动声色地套上了每个人的后脑勺，叫你终生无法褪下。我们嗅到的第一缕空气，是那里的草木释放。我们喝到的第一滴甘泉，是那里的岩石渗出。我们看到的第一眼世界，是那里的风云变幻。我们听到的第一声响动，是那里的万物呼吸……

我开始缠着母亲，讲我出生的故事。母亲的记忆如雨中砖地上的红叶，零落但是鲜艳洁净，脉络清晰。她说，你出生在新疆伊宁，那是一座白杨之城。那里的白杨不像内地的白杨，有许多幽怨的眼睛。那里的白杨没有眼睛，每一支都像银箭，无声地射向草原无边无际的天空。

母亲说，我出生在秋天，父亲在远方执行任务。母亲说，部队里成了家的男人和女人，平日都是分开住的。唯有到了节日，才是团聚的时刻。母亲说，大礼堂里，拉上许多白布帘子，分割成一个个独立小屋。那就是军人们的卧室了。母亲说，节日的黄昏，女人们早早就躺下了，在四周雪白的布笼中，悄悄地等待自己的丈夫。母亲说夜深了，查哨归来的男人们，像潜入敌营一般，无声地在白布组成的巷道穿行，走到自己的属地，持枪的手，像雄鸟的喙一样衔开白帘，温暖地滑翔进去。

母亲说，部队里的孩子，就是孕育在白布帘子背后。如果从礼堂的房顶看下去，那些布做的田野和畦，和如今冰箱里储藏冰水的塑料格子差不多。我忙问，我是那样来到的吗？母亲说，不是。因为职务，父亲和母亲享有一栋古老的俄式木屋。它高大凉爽，有宽宽的木廊。唯一美中不足的是，不知建于何年何月的地板，每当你脚步穿过的时候，就会合着你的节奏簌簌抖动。

母亲说，怀你的时候，父亲率领骑兵，要到远方。他把照顾母亲的担子，交给一个年长的警卫员，名叫小胖子。母亲说，那个兵，大约有40岁吧？现在没有这样老的兵了，那时有。幸亏他的年纪比较大，要不这个世界上，可能就没有你了。

母亲说，整个怀孕期间，她完全吃不下寻常的食品，闻什么都吐，体重锐减。医生说再不补充营养，大人孩子都危险。小胖子很着急，他是四川人，会做饭，殚精竭虑地把能够想出的吃食，因陋就简地做出来。盛在大粗碗里，端上来让母亲闻闻，看哪一样能吃得下去。母亲对所有吃食，都大饥若饱，置若罔闻。终有一天，母亲嗅到一缕奇异的香味，不觉食欲大动，问小胖子，你吃什么呢，能不能让我也尝尝？小胖子说，我在喝野鸽子汤。

在俄式木屋不远处，有一座废弃的粮仓。粮仓高而窄的窗户，像古堡的透气孔。每天早晨，小胖子打开窗户，然后就忙自己的事去了。粮仓的地上，散落着陈年的苞谷粒，粮仓的每一寸墙壁，都蒸发着粮食干燥熏香的气息。铺天盖地的银灰色野鸽群飞来了，从窗口鱼贯而入。到了夕阳倾斜的辰光，小胖子突然从墙外关闭窗户，使粮仓没入黑暗。然后挥着一把大扫帚冲入门内，旋风般扑打，鸽羽纷飞……

怀你十月，我只吃了不到十斤的大米和一点野菜。剩下的营养，全靠野鸽子汤支撑。母亲很严肃地说。

我追问道，您一共吃了多少只野鸽子啊？

母亲想了想说，一天少说也有十只，几百天算下来，总有几千只了。

我大惊，愤愤地说，你也太能吃了。要是绿色组织知道了，会抗议你没完。

　　母亲纠正我说，不是我能吃，是你能吃。一旦生下你，我就再也不吃野鸽子了。

　　我说，不管怎么说，这数字也大得可怕，承受不起。我最多只能承认自己是一千只野鸽子变的。再多，就是大罪孽了。

　　一想到自己平凡的生命之弦上，挂着千只野鸽，坠得心绪弯出弧形。一千对鸽翅，将是怎样一片掠过苍穹的翠蓝的云？一千声鸽鸣，将是怎样一曲缭绕云端刺人肺腑的歌？一千双鸽眼，将是怎样一束眺望远方洞穿云雾的光？一千堆鸽羽，将是怎样一片洁白的雪能融化万古寒冰？假如我这一生虚掷光阴，对不起造化，对不起自然，对不起我的父母，也对不起架构我生命的那——羽翼丰满飞翔不息的千朵生灵！

　　母亲临产的时候，父亲从营地骑马赶来。母亲已住进苏联人开的医院，躺在产床上，辗转反侧。病房不让父亲进去，父亲只好在医院病房的窗户上，久久地凝视着母亲。然后，一扬鞭，飞身上马，再赴疆场。

　　你第一次见到你父亲，已经是满月后。那时，你已是一个大孩子了。母亲说。

　　然后，父亲又走了。母亲抱着我，住在古老的俄式木屋。夜里我爱哭，母亲就彻夜抱着我。母亲胆小，不敢点灯，就在漆黑的夜里，守我到天明。门口有一棵小榆树，树影在夜风里，像鬼魅一般伸缩着指爪。

无数次的讲述历史之后，我对母亲说，咱们回一趟新疆吧？去看木房子、小榆树和野鸽子。

妈妈慢声应着，几乎不抱希望地说，好啊好啊。只是新疆太远，伊宁太远。

对话埋在土里，好像古墓中的莲子，酣睡着，不知何时才会绽成花？

1997年夏秋，我和母亲同赴新疆。汽车翻越天山的时候，我十分紧张。那是一条年久失修的战备公路，已很少有人走。一边是壁立的悬崖，一边是深渊。山顶的冰川，在炎热的8月，融化成无数道淋漓的小溪，从峰顶汩汩坠下。冰川就变得稀薄了，出现了亚麻般的网络，好像贫女洗涤多次的纱裙，自山顶逶迤而下，渐薄渐远，直到下缘溶成一道暗赭色的湿边。

我悄声对母亲说，您害怕了？母亲说，有一点。我说，您当年从伊犁离开去北京的时候，难道没有翻越天山吗？怎么倒像是第一次看到这种险峻呢？母亲说，那时，我怀抱你，没有一眼看过山，我一直在看你。

汽车驶近伊犁的时候，心怦怦跳，我对自己说，一定要大睁着眼睛，把记忆变得像一卷新录像带，事无巨细都拍下来，留着以后慢慢回味。

伊宁满目是青苍的绿，高耸入云的绿，剑拔弩张的绿，煞煞作响的绿——高大矗立的伊犁杨！不长忧郁眼睛的伊犁杨！

耳边听到母亲喃喃地说，都认不出来了啊，哪里是当年的老房子？

在伊犁的日子里，母亲第一个也是最后的愿望，就是找到她和父亲住过的地方。我本来以为这不很难，就算地表建筑有了相当大的变化，但山川依旧，地名还在，只要踏破铁鞋，还怕找不到吗？

然而，我错了。伊宁发生了太大的变化，从母亲茫然的眼神里，我发现她记忆中的伊宁，仿佛是另外一个星球上的地方，同这方土地不搭界。赤日炎炎下，母亲说，那时漫天大雪啊，我坐着雪爬犁……我怀疑都是这季节闹的，大约应该在隆冬来。白雪的城市和青杨的城市，永远无法重叠。

我帮母亲梳理头绪。母亲说，老房子的周围有一座飞机场。我想这是一个显著的目标。得到《伊犁河》编辑的热诚相助，第二天一大早，带着我们照直奔机场而去。绕着机场转了三圈，不想母亲对那里的地形地物毫无反应，说，房前还有一条河，房后还有一座山，这里一马平川，不是啊不是。我说，机场吗，当然是平的了，也许是修机场的时候，把山平了，把河填了？

母亲不置可否，看得出，她不信服我的解释。找来机场的工作人员，向他打听这里原先的地形，以证明我的猜测。没想到，他很肯定地说，这里没有山，也没有河。从来没有。我看，老人家说的那个机场，不是我们这个机场。你母亲20世纪50年代初期就离开伊犁，那时这座机场的图纸还没画出来呢。

于是有了老机场的悬念。

我们又驱车去巴岩岱。这是一个赫赫有名的地方，几乎每个伊犁人都知道，但当我细究这地名是什么意思的时候，又谁都说不清楚。

巴岩岱是一个小镇，我们的车缓缓驶过，好像在检阅路旁古旧的土屋和新的建筑。我不断地问母亲，是了吗？想起一点了吗？母亲总是漠然地摇头。

新疆小镇特有的十字形短街，很快就被车轮丈量完了。往回开，再走一遍。我对司机说。

正在修路，地表的积土和晒干的驴粪，化作旋风样的灰尘，快乐地裹挟在车的后方，像赭黄色的陈旧面纱，把巴岩岱半掩半藏。母亲索性走下车去，期望巴岩岱的土地，会直接告诉她点什么。

亚洲腹地的太阳，从公路上方，几乎垂直地击穿颅顶，把灼热和焦躁注入思维。随着车轮的反复碾压，母亲的迟疑已经延展成沮丧。我的记性真的这么糟了吗？不对啊，我怎么一点也想不起来了？就算房子被拆了，山也被削平了吗？还有那条河？河边的柳树呢？母亲低声自语，愤愤不平，要同历史讨一个说法。

四周静悄悄，母亲已经离去44年了，没有人负责回答她陈旧的问好。

　　我决定放弃寻找，不论是巴岩岱还是八烟袋，这样对她老人家的压力可能轻些。我说，有很多归国的老华侨，都找不到自己的家。不是您记性不好，是这个世界变化太快。

　　我拉着母亲走到一处风景秀丽的小渠，对朋友说，麻烦您给我和母亲合张影。这里就是巴岩岱。

　　母亲不服，说，你那时什么都不记得，凭什么说这里就是巴岩岱？

　　我说，您倒是记得，可您的巴岩岱在哪里？这里就是巴岩岱。

　　于是我和母亲，在我所指定的我的出生地，照了几张相。平心而论，四周景色不错。草原在午后阳光下灼热地呼吸，波光粼粼，犹如晃动着自九天而下的玄紫色纱幕。脚旁的小草，像无数神奇的吸管，把苍黄大地的水分，变成了绿色油漆，不慌不忙地涂抹在自己向阳的叶面上。也许是颜料不够，叶子背面就比较马虎，敷得清淡些，露了霜白的底色。野花英勇地高举着花茎，把小小的花盘，骄傲地迸裂到近乎水平的角度，竭力把自己最美丽的一面展示出来。好似一个细胳膊的小伙子，一往情深地仰着脸，向蓝天求爱。虽结局不一定乐观，仍充满了令人感动的柔肠。

　　我很中意此地的风景。母亲不再吭声，那神情分明在说，这里虽然好，但不是你出生的地方。

回宿处的时候，母亲说，你出生的那家医院，总是应该能找到的。

那家医院还在。新的四通八达的主楼，熙熙攘攘的愁眉苦脸捏着药袋的杂色人流和飘逸的白衣。我和母亲在药气汗气中穿行，问一个护士，这个医院当年的妇产科在哪里？那个护士匆匆走着，一边走一边丢着话，你要问现在的妇产科，我告诉你。要是问原来的，谁知道？

连续问了好几个人，都被干脆地回绝。母亲一脸的茫然，也许昨天我的指鹿为马刺激了她，她不愿再无望地寻找，对我说，我们走吧，即使找到了医院，也找不到你爸爸看我的那扇窗户了。

我便依偎着母亲，慢慢向医院的大门走去。就在这一瞬，千真万确地，我听到血脉深处剧烈的叹息，心被攥紧又松开，痛得窒息。

我果决地对母亲说，请随我来。不由分说地牵了她，向一个我也说不清的方向，义无反顾地走去。

人很多，不停地碰撞，我疾速穿梭，不住口地说着对不起，宛若行进在旷野杂草间。碰到的人不再有鼻子眼睛，只是一些木桩。七折八拐，终于看到一栋老屋。

它蹲踞着，好似千年蘑菇。自屋顶冲刷而下的杏色雨迹，如岁月的鞭痕，在木疤处拐了一个小弯，依然执拗地向下。

我的血翻起泡沫，激烈地震荡着。看——就是那扇木窗！

我握着母亲的手大叫。那一刻，我们都感到彼此的肌肤，在盛夏的炎热里冰冷如雪。

墙壁上有一扇木窗。木窗和它宽大的窗台，漆色斑驳地幽闭着，锁定四十五年前一位戍边的将士和最初的父亲久驻的目光。

是吗？是这里吗？母亲轻声反问着，伏在窗棂上，处处抚摸，好像那里还遗有军衣的擦痕。俯身比量着询望屋内的角度，好像父亲的视线，还如探照光柱一般，笔直地悬浮空中。许久，缓缓说，正是从这个方向，你爸爸他第一次看到你……

我僵僵地立着，感觉时光顺流与逆流的波纹。

还需确认。无人知晓数十年前此地的格局。终于找到一位维吾尔族老人，捋着飘拂的白胡须说，半个世纪以前吗，这里是苏联人开的医院。后来吗，都拆了，盖了新的楼了。现在吗，只剩这最后的地方啦，原先是专门接娃娃的房……

我长久凝视窗户，穿越时间隧道，一身戎装的父亲，牵着他的战马，屹立远方。

母亲说，连我都认不出的地方，孩子，怎么就像有丝绳拽着，你一下走到这里？

我说，妈妈，不要忘了，我也来过这里啊。在我的记忆深处，我记得这条路。这里是我第一眼看到的世界。从这扇木窗中，我认识并记住了父亲的微笑。

到了临离开伊犁的前一天，母亲有些不好意思地对我说，我还想找找我和你爸爸住过的那座老房子。让车在伊宁街上随便转吧，也许突然就看到了。

我不知如何再向主人提出要求，为了老房子，我们已麻烦人家多次。主人说，老人家来伊犁不容易啊，今生今世也许是最后一次了。说什么也要找到这个地方。于是让老王来帮助我们。

老王瘦而干练，目光如鹰隼一样锐利，开始详尽地了解情况。

您敢肯定门前那是一条河，不是一条渠？新疆的渠沟很多，有的也很宽，波涛滚滚的。老王抽着莫合烟说。

是河。因为它是弯弯曲曲的，人修的渠是取直的。岸边有很粗且疙疙瘩瘩的树，老树，树叶落在水上。母亲说。

您的记忆很肯定，附近有一座山？

小山，不高。肯定有。在河的北面。母亲说。

老王站起身来，说咱们走吧。我已经知道那大概的方向了。

我和母亲半信半疑地跟着老王上了车，他对司机低语了一声，车就飞快地沿着白杨大道驶去。

到了一处疏朗的房舍，周围有不浓不密的林子，地面有些残存的鹅卵石，像半睁半闭的疑惑之眼。

其后发生的事，恍若慢镜头。母亲一跃下了车，踢着那些鹅卵石，飞快地向远处的房舍走去。我想紧跟上，老王示意我拉开距离，以给母亲一个独立回忆的空间。于是放她苍凉地一人走向往事，我们默默地跟随。

母亲举步如飞，跑到一所孤独的木屋旁，目光如啄木鸟，从地基敲到檐顶，然后又一寸寸地凿下，好像要把那些木楞中的年轮剥出来。

我以为母亲会说什么，结果她什么也没说，就倒着身子，退开了。我忙凑过去，没想到她又疾步走上前去，我紧跟，听到了她对木屋说的话——你怎么比原来变矮了？哦，是了，我知道了。我们都老啦！

母亲拉着我的手，登上木屋的台阶。那台阶"吱吱扭扭"响着，这声音亲热地召唤母亲，从她的耳鼓潮水般地蔓延开去，扩展到整个身心。

这是一座说不上年代的俄式建筑，当年不知漆过何种颜色的油漆，现在已完全脱落，连绿豆大的一点遗迹都不曾留下。

每一寸木纹都裸露着，好像森林老人住的原木房子。高高的挑檐，抗拒着岁月的磨损，依旧尖锐地飞翔着，几乎把草原湛蓝的天空刮出伤痕。檐口的滴水槽已经残破，水线蜿蜒，好像一把用旧的木锨还牵着淋滴的泥浆。屋顶上小塔式的烟囱半边坍塌，露出被壁炉焰火熏黑又被风雨漂白的栗色。悬山的边缘已成锯齿，唯有山墙像倔强老人的脊背，昂然挺立着。阳台的栏杆，有美丽的螺旋状丝纹，不可思议地保持着精致的形态，透出当年的华丽。游廊很宽敞，木地板由于多年无数双鞋的摩擦，生出短而茸的木刺，在舒缓的木弧中被浮土半遮半掩。

一把大锁禁锢着历史。母亲紧张地扒着门缝向里张望，如同孩童。老王不知用了什么办法，找来一个全副武装的士兵，开了门。原来这里和半个世纪以前一样，是军队的产业。

木屋的中央是气势宏大的客厅，虽堆满杂物，仍看出往日的磅礴。四周是布局严谨的小房间，年代久远，已察不出主人修造时的匠心。我们在灰尘中走动，搅起呛人的烟尘。母亲的目光如蛛网一般，打捞着游动的往事。她一定是看到了我无法窥见的影像，与那时年轻的自己对话。

你好啊！老房子，我来看你来了。你还记得我吗？这就是当年那个爱哭的孩子啊！我们一道从北京来看你，你还记得我们吗？母亲拍打着积满青灰的栏杆，对着空中自语。

我和母亲拉开一米远近，怕惊扰了她的思绪。没想到母亲执意拉着我，好像面对久久不见的亲戚，不停述说——那里，就是我睡的床，抱着你，坐在床上。那些夜晚，总也盼不到天亮……她指着一个堆满军械的角落。——那里，就是小胖子煮野鸽子汤的地方。她指着回廊的拐角处。你该叫他小胖子叔叔的，要是没有他的好心，这世界也许就没有了你。他如果还在世，该有八十岁了。——那里，就是整夜摇晃的小榆树啊，天！它长得这么高，成了老榆树了……她指着窗外的树枝，我眨眨眼，看到那树应声弹下几斑苍凉的绿泪。

木地板在我们的脚下波动，我问母亲说，它们是不是晃得更厉害了？母亲说，没有啊，它们和以前一模一样。真奇怪。哦，对了，人是熬不过木头的。

那位开锁的士兵，从我们的对话中，明白了原委，恍然大悟道，啊，你们从北京赶来看它。来得正好，再有一个星期，它就会被卸成一堆木板。

在城市建设的整体规划中，已几次动议拆除这老屋，不料每次临动手的时候，就出些意外的变故，阻止了工程。这一次，推土机已备好，再不会拖延了。

呵，老屋一直在等着我们，等着母亲布满褐斑的手最后的抚摸。等待当年的孩子，再看一眼它斑驳的木纹。

山不在了，河不在了，但老屋尚在，与我们母女相会于它生命的夕照。

老王后来告诉我，20世纪50年代，贯穿伊宁市的河流只有两条，背后依山的就是这条河。后来，城市变迁，山被砍平，填了河床，地表上的旧貌已渺无音讯。此地原来确属巴岩岱管辖，但行政区划几经变更，如今已归属市区，难怪母亲在巴岩岱百寻不到了。

我们依依不舍地告别老屋，我从摇曳的榆树上摘下几片树叶，从地上掬了一捧黄土。我会把它置于父亲的墓前，我猜他会在有月亮的晚上，轻轻地闻着树叶，用手指捻着黄土纷纷落下。父亲一生戎马生涯，他眷恋他骑马挎枪走过的地方。

母亲安宁了，好像同我交割清了生命的最后一笔账目。我却接过一副沉重的挽具。你已知道生命的源头，你不由得张望生命的尽头，心中惴惴。当你有朝一日，一切归于永恒，背负黄土，仰望星空，检点一生：你啊你，可对得起三千银翅、一蓬绿荫、古旧的木纹和一个名叫小胖子的老兵?!

离开新疆前，我应邀作一场讲演。主题发言以后，我说，我有一个私人问题，求助大家。我出生在伊宁巴岩岱，我不知巴岩岱是什么意思，谁能帮我解答？不一会儿，纸条递上来了，说："巴岩岱是一句蒙古语，意思是——大雁落脚的地方。请问你何年再回新疆?"

我一时热泪盈眶。新疆是我生命的始发站，只要我还在天际运行，无论飘到何方，都会彗星回归。

又传上来一张纸条，上书："我们几位伊宁人，想把自己的家腾出来，为你建一间文学馆。让天下更多的人知道，伊宁出了个你。"

我感动，为着家乡人的热忱。半晌，我说，毕淑敏何德何能，能承受伊宁人的如此盛情？我的老乡们，听我一句话。自家的房子，还是好好装修，住得宽敞一些为好。如果实在空闲，就开一个小饭铺，卖手抓羊肉和伊犁草原上的马奶酒吧！那是天地的精灵。

无胆之人

　　好像在西藏当兵时候，落下了有时肚痛的毛病。那是一种温柔的潜藏很深的朦胧痛，不剧烈，但位置固定，似乎还携着轻微的脉动。凭我那时的少许医学知识，心想，不会是一个寄生在脊柱上的血管瘤吧？真要那样，我可能在某一次开怀大笑的时候，腹压升高，血浆迸裂，突然倒地死去。我为这个问题遥望雪山，忧心如焚。不是因为怕死，是怕死了以后，将由别人收拾遗物，送还我万里之外的家人。被人检点生前思绪，是一件难堪的事。隐隐的疼痛好似一道符咒，迫使我做出一项重大决定，将厚厚几大本日记全部烧光，并发誓永不再写。当缺氧的空气里抖起蓝边金芯的火苗（撕碎的纸页泼上无水酒精，燃烧得就像孔雀翎一般好看），我摆脱了对世间的牵挂，对那种反复发作的疼痛，也不再恐惧万分了。

　　以后的若干年里，疼痛像一匹忠实的小狗，亦步亦趋追随左右。陪伴我上高山下平原，从藏北到京城，宠辱不惊，休戚与共。它谨慎地把握着分寸，从不惹我真正生气。轻微发作时，只需我像老年人一般弯弯腰，缓解一下挺胸直背时的压力，它就悄然遁去，如刀尖划破水面，愈合后不留一丝痕迹。最顽劣的表现，也不过是逼得我短暂地闪进工作间的白色屏风里，对一同上班的其他医生说一句：我有点不舒服，躲里面检查床上趴一会儿啊……次数多了，大家道，你想休息，直说就是了，干吗像个不愿做功课的小孩，每次都撒一个肚子痛的谎话……我愤愤地回击她们说，没有一点人道主义精神，小心本所长康复以后给你们穿小鞋哇。

我行医二十余年，自身几次比较重大的疾患，都是处于膏肓状态，才被院外的专家确诊，在就职的卫生所里，非但自己绝无"小禾才露尖尖角"的蜻蜓眼力，周围的医生也是"久入鲍鱼之肆"的聋鼻子。至于每年的例行体检，邀的虽都是京城威名赫赫的医院，但没有一次发现过青蘋之末的灾难。

面对每年都是"正常"的体检单，我认为疼痛是一幅精神的海市蜃楼。但那个不计名利的家伙，不理睬书面上对它的置若罔闻，以相当稳定的节奏骚扰我，兢兢业业风雨无阻。结果不但我自己，就是家里人也将它视为正常生活的一员，相濡以沫，和平共处。假如它有一段时间不来造访，我会说，噫，奇怪啊，肚子最近怎么不疼了呢？家人也会跟着不安，说，是啊是啊，好长时间不听你念叨了，不会有什么变化吧？我说，别着急，咱们这么惦记它，它会来的。

果然，随着我的年龄增长，它也像熟练的老仆，愈发殚精竭虑服务周到了。频率较前密集，强度较前加深，盘旋的时间也大大地加长了……在别人看不到的地方，我开始用手握成拳，抵住胸腹，略解疼痛。但通常只要稍能忍受，我就很快松开拳头。记得好像身患肝癌的焦裕禄，就是用这种姿势，将竹椅的扶手顶出一个破洞，我觉得这止痛的方法不祥。还有一招，双手心周正地按在剑突下——就是人们常说的心口部位，缓缓下压，居然奇效。猜想那是人体血脉聚集之地，以痛治痛，类似武林高手点了某处大穴。不料先生有一次见了这种自我施治，惊道，莫非你也在学西施？我恼火说，就算西施首创了这个姿势，并没有取得专利权，凭什么两千年后，我们还模仿不得？

伴随症状也渐渐多了起来，好像老仆嫌自己孤单，特带了孙男弟女集团拜访。我开始恶心欲吐，肩胛如裂如剐。我问先生，晚饭吃的东西，会不会食物中毒？我怎这般难受？他不忍看我独受此苦，同仇敌忾地说，是啊是啊，我也深有不适。他的假话使我大释然，认定食物作祟，不再追究。

直到这时，疼痛还同我保持着最后的礼节，好像向苏联发动大举进攻，发动闪电战前的希特勒。我也努力绥靖着，维持着健康泡沫。

今年8月，我久已巴望的新疆之行，终于实施。雪山盆地，纵横驰骋。南疆北疆，大吃大喝。（我因不吃手抓羊肉，不喝葡萄酒，大吃的是水果，大喝的是酸马奶。）一路颠簸，身累心喜。某日夜半，自吐鲁番赶回乌鲁木齐，疼痛突然在吉普车上毫无征兆地凶猛发作，使我陡出一身冷汗。宾馆预备了热饭，一口也无法吃，匆匆吃药，辗转在床。唯一的希望是噩梦醒来是早晨。

我至今对缠绕我多年的疼痛，充满最后的感激。它维护了我的面子，使我成功地完成了西域之行，全须全尾回到北京。试想若病倒边地，将给主人平添多少麻烦！所以说这位魔头，还是很有几分顾全大局的侠义心肠。

回到北京的第二天晚上，那蛰伏已久的疼痛，摇身一变化作狂犬，以凶猛十倍的残忍，发动了势如破竹的秋季攻势。开始的半小时，尚有张弛，焦裕禄或是西施止痛法，还稍事抵挡，可获片刻喘息。但很快形势逆转，疼痛撕下面具，暴躁起来，如长鞭驱赶大批毒蛇，从我体内的某一处出发，在腔内翻转腾挪。疼痛好似优异的体操运动员，精彩地练着它们的托马斯全旋。无数火红的信舌狂舔脏腑，烙铁般的疼痛如霞蔚蒸腾而起。

我惊骇莫名，不单被剧痛狠狠攫住，更被恐惧深深震慑。我从不知道人的一部分器官，能如此狂躁地与整体铁血为敌。腹中所有的管道，好似沾满苦水的毛巾，被魔手精致地拧成麻花。那一刻，我以为世界的末日就要来临。

先生看我以头抵墙，知道此次疼痛振幅巨大，已超出我的意志控制范围，忙说，咱们上医院吧。

　　我点点头，已无法言语作答。进医院，仅剩的力气，只够勉强维持最基本的体面，蹲在地上，咬紧嘴唇，堵塞呻吟不要出口成章。化验，体检。医生把冰冷的手指，搭在我的右肋中点，嘱大口呼吸，剧痛使我屏气并清醒，立时茅塞顿开，悟到了症结。血象飙升，表示存在剧烈炎症。当最终"胆囊炎""胆结石"的诊断落在诊断书上时，我豁然大悟，颇有英雄相见恨晚之意。

　　喔，疼痛，我鞍前马后的朋友！原谅本人失礼，受你呵护多年，直至今日，在下才知你尊姓大名。我们唇齿相依，竟这么多年素不相识，你说是不是一个糊涂病僚呢？如果那人还是一个医生，是不是自我渎职？起码也是擅离职守吧。

　　解痉，止痛，消炎……医生很熟练地处理着，疼痛虽剧，我则心平气和多了。兵来将挡，水来土掩，敌情既明，剩下的事就是和它做斗争了。那病痛很是骁勇，固守阵地，并无见好就收的雅量，种种措施之后，仍挥之不去。于是医生开出了"杜冷丁"。

　　那是一张专为剧毒药品而用的红色处方。先生拎着它取药，喃喃对我说，你看，你前头写了《红处方》，眼下自己就得了一张。累坏了，真是报应啊。我有气无力地说，你知道……我下一部要写的书……叫什么名吗？他摇头。我说，名叫"钻石"。

　　"B超"片证实，我胆囊里藏的货色，不是什么无价之宝，不过两块普通结石，就是俗称牛黄狗宝的那种玩意。

只是结石的体积令人惆怅。如果更小些，可以比较容易地从胆管排出，如同小轿车通过宽敞的海底隧道。如果更大些，反正无法挤进瓶颈般的胆管，疼痛虽重，但无危险。你的这两块石头，恰好比胆管的直径大一些，很容易滑入胆道。由于它的表面像苍耳一般粗糙，会如鱼骨卡在那里，胆管阻塞，胆汁淤积，化脓，穿孔，胰腺炎，败血症……医生很自信地描述未来，好像那是他生产出的定时炸弹，派遣在我体内，质量过硬，如假包换。

我忙不迭地点头，对结石的威力和他的预见表示由衷的钦佩。但是，怎么治疗呢？这才是我最关心的问题。

有很多种方法。比如中药，激光，内窥镜，还有气功……这些方法都需要很长时间，最简便的就是手术切除胆囊，一劳永逸。医生结束了指示。

我说，想一想。

其后的日子，不是用脑子想，是疼痛在替我想。杜冷丁只能暂时止痛，医生说避油可减少发作。我谨遵医嘱，像兔子大嚼生菜，灾民一样见不到任何荤腥，唇舌皆绿。然而胆中之石是聪明而有气节的家伙，并不因小恩小惠疏忽自己的职责，它一如既往地频繁发动袭击，绝不受招安。由于多在傍晚发作，我不愿打搅他人，总心怀侥幸地隐忍，结果是到了后半夜忍无可忍，只得牵了先生夜奔医院。几番下来，已经习惯了北京黉夜的凄清。若不是冷汗如油，真可好好欣赏原本拥挤现因空旷显出陌生的夜景。

医生说，总靠打针止痛，不是长久之计。

我说，我已决定手术。

医生就是那样一种人，当你没做出某种决定前，他积极地怂恿你。一旦你作出决断，他又再三让你斟酌。我说，我不反悔。其他的方法太费时间，这一病，我知道全身的零件已接近大修年限，我要珍惜时间了。

于是入院，做一切手术前的准备工作。每日穿着无款无形的病号服，小病大养，煞是得意。那结石似乎也憷医院的精良设备，发作渐稀，我便过上了难得的太平日子。终日除了检查，就是读书，优哉悠哉。

但有一日的医嘱，让我忐忑不安。要在空腹状态下吃两个油汪汪的煎鸡蛋，以完成胆囊造影。我对医生说，吃了那东西，是一定要犯病的。我不敢以身试法。

医生说，怕什么？有医院呢。只要疼痛发作，马上就给你止痛。放心好了。

于是转悲为喜。心想好长时间没吃油炸鸡蛋了，此次开荤，可能具有一个时期的结束和另一个时期开始的重大意义。以后切了胆，吃油炸鸡蛋的可能性大大减少，那么这个鸡蛋，是本人生平最后的油炸鸡蛋也说不定，一定要在医生保驾护航的关照下，细细品尝滋味。

医院厨房送来的油炸鸡蛋灿若黄菊，引人食欲大开。宝贵的第一口吃下去，我大惊失色。完全不是想象中的滋味，舌头简直抵上了一块榉木地板。我问护士小姐，用于造影的鸡蛋是否来自特殊母鸡？或者说煎蛋用的是碘油？护士小姐笑说，蛋是普通的蛋，油也是普通的油。变化的是您的身体，它拒绝接受引起痛苦的食物。

呜呼，我佩服精密的机体，居然在理智已认为万无一失的情形下，坚持着本能的防备与抗拒。在一次次疼痛中，建立了雷达般的灵敏反射系统，最大限度地保护生命。

万事俱备的手术前夜，主刀医生来到病床前，问，你害怕吗？我说，不怕。也许他的经验是以往的病人口说不怕，心里还是怕的，并不在意我的回答，依旧按照假定我是胆小鬼这样一个前提，开始谈话。

他向我解说了手术的大致步骤和风险，告知这种新方法，疤痕比较小，但如果不成功，就要同时启用古老方式，我将遭受双重痛苦。我问，这种双轨制的概率多少？他说，百分之一以下吧。

我很镇定地回答他，在福利彩票和历次摸奖中，即使中奖面高达60%，我也是漏网之鱼。此番概率只有百分之一，外加"以下"，我相信自己没那么好的运气。如果赶上了，天意难违。

先生胆中无石，但似乎比我的病胆还弱。医生让他填写一张家属同意手术的单子，他连看三遍后，临阵脱逃。悄声对我说，那上面写的很可怕，肠粘连肠梗阻大出血什么的，并发症多了去了……咱们走吧。回家去吧。再试试别的办法吧。好吗？我推着他说，快去签字吧。我喜欢一刀了断。

　　手术的当天就像出嫁，你傻傻待着，别人忙得手舞足蹈。干部病房的护士，外科操作比较生疏，下胃管时，折腾半天，结果管子没下到胃里，我已涕泪滂沱。我说，小姐，商量一下，我自己来下胃管怎么样？护士大惊道，我还从来没见过哪个病人敢自己下胃管的，从鼻腔进去，非常难受的事，你下得了手吗？我说，试试吧。

　　我虽从医多年，但没给人下过胃管，好在只要狠心，途经自家的咽喉和食道，还是有把握的。再加上怕在护士手里受二茬罪的信念鼓舞着自己，惨淡经营，居然很顺利地把管子下到胃里，皆大欢喜。

　　终于躺在手术床上，无边的白色中，数数头顶的无影灯有12盏，葵花般地普照着我，内心很是肃静。为这种镇定不好意思，马上就要开肠破肚，畏惧才是正理。当全身麻药进入体内时，意识如同风中之烛，摇曳几下，悄然而逝。脑海里最后遁去的想法是——如果这样在迷茫中远航，从此不再醒来，因为辛苦地活过，努力过，所以永远休息，未必就不幸福啊。

　　我一直以为手术过程是病的重头，好像一盒漫长磁带的主打歌曲。但当我在监护室吸着氧气醒来，一摸腹部的绷带，得知手术已经完成时，心中不免为少了惊心动魄的变化而稍感遗憾。好像跟踪许久的河流，你以为该出现瀑布的时候，结果是个水波不兴的小潭。

记得术前我问过医生，术后会不会很疼？医生没有正面回答，说，你既经受过反复发作的胆绞痛考验，这就不算什么了。

他说得不错，疼痛也是曾经沧海难为水。术后尽管有种种不便，但同我已经承载过的疼痛相比，不足挂齿。

不让见家人。也许这在保持环境无菌方面，有独到之处，但对病人的心境，实在说不上有利。护士说，你家里人来看过你了，我们说你很好，已从麻醉中醒来，他们就走了，给你留了一封信。

我把那封信拿过来，手轻飘飘，动作很慢，像太空人。只有一张纸，我以为那里面还不得写几句慰问的言辞，谁知全是这一两天的电话记录和来信摘要，简直像是办公室的留言簿。最主要的信息都是刊物约稿，使我全麻过后一片空白的大脑更加混沌。

几天后坐轮椅回到普通病房，除了行走时腹肌不便外，基本如常了。聊天时我说，记得一句以前的戏文，叫作"浑身是胆雄赳赳"。如今浑身没了胆，无所谓胆大胆小，从此便不知畏惧了。

先生说，那天我候在手术室外，突然听人喊：毕淑敏家属在吗？心中大惊，按时辰手术尚未结束，此时招呼家属，必是当中出了意外，战战兢兢地走过去。那人端出一个白盘，说，这就是摘除的胆囊。我看了一眼，心想，古话说，肝胆相照，我们真是患难与共了。

感 悟

钱的极点

小时候猜一道智力题，问：从地球上的什么地方出发，无论往哪里走，都是朝向南？

答案是：北极。

现在无论同谁聊天，无论从哪说起，都会很快谈到钱。钱成了当今社会的极点。

钱给人的好处是太多了，而且有许多人由于钱不多，而享受不到钱的好处。人对于得不到的东西就需要想象，想象的规律一般是将真实的事物美化。比如说我们看到一位大眼睛戴口罩的女士，就会想她若摘了口罩，一定是美丽动人。其实不然，口罩里很可能是一对龅牙，人家原是为了遮丑的。

我当过许多年的医生，虽是无钱之人，却凭医疗常识，想象钱的功能是有限的，理由从人的生理结构而来。

钱能买来山珍海味，可再大的富豪也只有一个胃，一个胃的容积就那么大，至多装上两三斤的食物，外加一罐扎啤，也就物满为患了。你要是愣往里揣，轻则慢性胃炎，重了就是急性胃扩张，后者有生命危险呢。更不必说，长期的膏粱厚味，引起高胆固醇、糖尿病等。所以说那些因公而需长期大吃大喝的人，得了肥胖症，真是要算"公"伤的。

钱能买来绫罗绸缎，可再娇美的妇人也只有一副身段，一次只能向世人展现套在身体最外层的那套衣服。穿得太多了，就会捂出痱子。要是一天老换衣服，变成工作，就是时装模特，和有钱人的初衷不符了。

再说人类延续种族愉悦自身的那个器官吧，更是严格遵循造物的规律，无论科学怎样进步，都不可能增补一套设备。假如无所节制，连原装的这一份都进入"绝对不应期"，且不用说那种种秽病了。电线杆子上的那些招贴纸，是救不了命的。

人和动物在结构上实在是大同小异，从翩飞的蝴蝶到一只最小的蚂蚁，都有腹腔和眼睛。人和动物最大的区别就在于思想，而恰恰在这一面钢铁盾牌面前，金钱折断了蜡做的枪头。

比如理想，比如爱情，比如自由……都是金钱的盲点。它们可以因了金钱而卖出，却不会因了金钱而被买进。金钱只是单向的低矮的闸门，永远无法积聚起情感的洪峰。

造物给予人的躯体是有限的，作为补偿，造物给人以无限的精神。人的躯体的每一个细微之处，都是很容易满足的。你主观上想不满足，造物也不允许你。造物以此来制约人对物质的欲望，鼓励思想的飞翔。于是人类在有了果腹的兽肉和蔽体的树叶之后，就开始创造语言、绘画和音乐……积蓄了一代又一代的精华，于是我们有了文学，有了艺术，有了哲学的探讨和对宇宙的访问……那都是永无穷尽的奥妙啊，只要人类存在一天，就会上天入地呕心沥血地寻找与提炼。

我们现在是站在钱的极点上，但我们很快就会离开它。人们在新一轮的物质需要满足之后，回过头来仍然要皈依精神。

精神是人类最大的财富。在远没有金钱之前，人类就开始了精神的求索。人类最终也许将消灭金钱，但毫无疑问的是人类的精神永存。

阅读是一种孤独

阅读的感觉难以比拟。

它有些像吃，对于头脑来说，渴望阅读的时刻必定虚怀若谷。假如脑袋装得满满当当，不断溢出香槟酒一样的泡沫，不论这泡沫是泛着金黄的铜彩还是热恋的粉红，都不宜于阅读，尤其是阅读名著。

头脑需嗷嗷待哺，像荒原上觅食的狼。人愈是年轻的时候，愈是贪吃。随着年龄的增长，我们吃得渐渐少了，但要求渐渐地精了。我们知道了什么于我们有益，什么于我们无补，我们不必像小的时候，总要把整碗面都吃光，才知道碗底下并没有卧着个鸡蛋。我们以为是碗欺骗了我们，其实是缺少经验。有许多长寿的人，你问他常吃什么食品，他们回答说：什么都吃，并无特殊的禁忌。但有许多东西他们只尝一口，就尖锐地判断出成色。我想寿星老的胃一定都是很坚强的，只有一个坚强的胃才能养活得了一个聪明的脑。

读书也是一样，好的书，是人参燕窝熊掌，人生若不大快朵颐，岂不白在世上潇洒走过一回？坏的书，是腐肉砒霜氰化物，浪费了时间贻误了性命。关于读什么书好的问题，要多听老年人的意见，他们是有经验的水手，也许在航道的选择上有趋于保守的看法，但他们对风暴的预测绝对准确。名著一般多是经过了许多年代的考验，是被大师们的智慧之磨研磨了无数遭的精品，读的时候，像烈火烹油的满汉全席，为大享乐。

它有些像睡，我小的时候，当我忧愁、当我病痛、当我莫名其妙烦躁的时候，妈妈总是摸着我的头说，去睡吧，睡一觉也许就好了。睡眠中真的蕴藏着奇妙的物质，起床的时候我们比躺下时信心倍增。阅读是一种精神的按摩，在书页中你嗅得出悲剧的泪痕，摸得着喜剧的笑靥，可以看清智者额头的皱纹，不敢碰撞勇士鲜血淋淋的创口……当合上书的时候，你一下子苍老又顿时年轻。菲薄的纸页和人所共知的文字只是由于排列的不同，就使人的灵魂和它发生共振，为精神增添了新的钙质。当我们读完名著的最后一个字时，仿佛从酣然梦幻中醒来，重又生机盎然。

它有些像搏斗。阅读的时候，我们不断同书的作者争辩。我们极力想寻出破绽，作者则千方百计把读者柔软的思绪纳入他的模具。在这种智力的角斗中，我们往往败下阵来。但思维的力度却在争执中强硬了翅膀。在读名著的时候，我常常在看上一页的时候，揣测下一页的趋势。它们经常同我的想象悬殊，这种时候我会很高兴，知道自己碰上了武林中的高手，大师们的著作像某一流派掌门人的秘籍，记载着绝世的功法，细细研读，琢磨他们的一招一式，会在潜移默化中悟出不可言传的韵律。只是江湖上的口诀藏之深山传之密室，各个学科大师们的真迹却是唾手而得。由于它的廉价和平凡，人们常常忽视了它的价值。都是古往今来人类最智慧的大脑留给我们的结晶啊！我一次次在先哲们辉煌的思辨与精湛的匠艺面前顶礼膜拜，我一次次在无与伦比的语言搭配之下惊诧莫名……我战胜自己的怯懦不断地阅读它们，勇敢地从匍匐中站起，我知道大师们在高远的天际微笑着注视着后人，他们虽然灿烂却已经凝固，他们是秒表上固定了的记录，是一根不再升高的横杆。今人虽然暗淡，但我们年轻，作为阅读者，我们还处在生命的不断蜕变之中，蛹里可能飞出美丽的天鹅。在阅读中，我们被征服。我们在较量中蓬勃了自身，迸发出从未有过的力量。

　　阅读是一种孤独，几个人共看一本书，那只是在极小的时候争抢连环画。它同看电影看录像听音乐会是那样的不同。前者是一块巨大的生日蛋糕可以美味地共享，后者只是孤灯下的一盏清茶，只可独啜、倾听一个遥远的灵魂对你一个人的窃窃私语。他在不同的时间对不同的人说过同样的话，但你此时只感觉他在为你而歌唱。如果你不听，他也不会恼，只会无声地从书页里渗出悲悯的叹息，你"啪"地合上书，就把一代先哲幽禁在里面，但你忍不住又要打开它，穿越历史的灰尘与他对话。

阅读名著不可以在太快乐的时光。人们在幸福的时候往往读不进书。快乐是一团粉红色的烟雾，易使我们的眼睛近视。名著里很少有恭维幸运的话语，它们更多是苦难之蚌分泌的珍珠。

阅读名著也不可在富裕的时刻。阅读其实是思索的体操，富裕的膏脂太多时，脑子转动得就慢了。名著多半是智者饿着肚子时写成的，过饱者是不大读得懂饥饿的文字的。真正的阅读，可以发生在喧嚣的人海，也可以坐落在冷峻的沙漠。可以在灯红酒绿的闹市，也可以在月影婆娑的海岛。无论周围有多少双眼睛，无论分贝达到怎样的高度，真正的阅读注定孤独。

那是一颗心灵对另一颗心灵单独的捶击，那是已经成仙的老爷爷特地为你讲的故事。

没有一棵小草自惭形秽

被人邀请去看一棵树，一棵古老的树。大约有5000年的历史，已被唐朝的地震弯折了腰，半匍匐着，依然不倒，享受着人们尊敬的注视。

我混在人群中直着脖子虔诚地仰望着古树顶端稀疏的绿叶，一边想，人和树相比是多么的渺小啊。人生出来，肯定是比一粒树种要大很多倍，但人没法长得如树般伟岸。在树小的时候，人很容易就把树枝包括树干折断，甚至把树连根拔起，树就结束了生命。就算是小树长成了大树，归宿也是被人伐了去，修成各种各样实用的物件。长得好的树，花纹美丽木质出众，但也像美女一样，红颜薄命，被人劫掠的可能性更大，于是很多珍贵的树种濒临灭绝。在这一点上，树是不如人的。美女可以人造，树却是不可以人造的。

树比人活得长久，只要假以天年，人是绝对活不过一棵树的。树并不以此傲人，爷爷种下的树，照样以硕硕果实报答那人的孙子或是其他人的后代。

通常情况下，树是绝对不伤人的。即便如前几天报上所载一些村民在树下避雨，遭了雷击致死，那元凶也不是树，而是闪电，树也是受害者。人却是绝对伤树的，地球上森林数量的锐减就是明证，人成了树的天敌。

树比人坚忍。在人不能居住的地方，树却裸身生长着，不需要炉火或是空调的保护。树是会帮助人的，在饥馑的时候，人扒过树的皮以充饥，我们却从未听到过树会扒下人的什么零件的传闻。

很多书籍记载过这棵古树，若是在树群里评选名人的话，这棵古树一定是名列前茅了。很多诗人词人咏颂过这棵古树，如果树把那些词句都当叶子一般披挂起来，一定不堪重负。唐朝的地震不曾把它压倒，这些赞美会让它扒在地上。

树的寿命是如此的长久，居然看到过妲己那个朝代的事情。在我们死后很多年，这棵古树还会枝叶繁茂地生长着。一想到这一点，无边的嫉妒就转成深深的自卑。作为一个人活不了那么久远，伤感让我低下头来，于是我就看到了一棵小草，一棵长在古树之旁的小草。只有细长的两三片叶子，纤细得如同婴儿的睫毛。树叶缝隙的阳光打在草叶的几丝脉络上，再落到地上，阳光变得如绿纱一样飘浮了。

这样一株柔弱的小草，在这样一棵神圣的树底下，一定该俯首称臣毕恭毕敬了吧？我竭力想从小草身上找出低眉顺眼的谦卑，最后以失望告终。这棵不知名的小草，毫无疑问是非常渺小的。就寿命计算，假设一岁一枯荣，老树很可能见过小草5000辈以前的祖先。就体量计算，老树抵得过千百万棵小草集合而成的大军。就价值来说，人们千里万里路地赶了来，只为瞻仰老树，我敢肯定没有一个人是为了探望小草。

既然我作为一个人，都在古树面前自惭形秽了，小草你怎能不顶礼膜拜？我这样想着，就蹲下来看着小草。在这样一棵历史久远声名卓著的古树身边为邻，你岂不要羞愧死了？

小草昂然立着，我向它吐了一口气，它就被吹得蜷曲了身子，但我气息一尽，它就像弹簧般伸展了叶脉，快乐地抖动着。我再吹一口气，它还是在弯曲之后怡然挺立。我悲哀地发现，不停地吹下去，有我气绝倒地的一刻，小草却安然。

草是卑微的，但卑微并非指向羞惭。在庄严的大树身旁，一棵微不足道的小草都可以毫不自惭形秽地生活着，何况我们万物灵长的人类！

被老师读作文的时候

我小的时候，作文很好。主要是我爱写得与众不同。比如说老师出了个作文题，叫"一次谈话"。一般的同学写的都是自己做了一件错事，被爸爸妈妈或是其他的长辈批评了一顿，于是铭记在心等。也有写同学之间闹了点小误会，一谈心就和解了的。这两种写法我都想到了，可我想写一次更奇妙的谈话。想啊想啊，我就设想通过电话同一位非洲的黑人小朋友谈话，谈他们的苦日子和我们的幸福生活。其实这个想法有很不合理的成分在内，一个当奴隶的黑孩子怎么会有电话呢？但当时是小学生的我，可想不到这么多，只顾按照自己的想象写下去。

我们的语文老师是山东大学中文系毕业的，对我这些有漏洞也有一点新意的小作文，给了很好的评语。王老师不止一次给我的作文批过"5+"的分数，还经常在课堂上读我的作文。

被老师读作文的时候，心情像一颗怪味豆。最初当然是甜的了，哪个学生不愿意受到老师的夸奖？可慢慢地，咸味和涩味就涌上心头。

首先是我觉得自己写得很不好，应该写得更好一些。特别是老师那些表扬的话，仿佛椅子上堆满了图钉，叫人不敢坐踏实。

最主要的是下课以后，同学们的神情怪怪的。"哦——哦——老师又用时传祥掏粪的勺子刟（夸）毕淑敏啦！"那时候我们刚学过一篇掏粪工人的课文，在北方话里，刟与夸同音。全班同学好像结成了孤立我的统一战线，跳皮筋，两边都不要我。要知道平日里，因为我个子高，跳得又好，大伙都抢着跟我一拨呢！我和谁说话，她会装作没听见扭身走开，然后故意跟别的人大声说笑，一块儿边说边看着我。

在我幼小的心里，第一次懂得了什么叫孤独，什么叫被嫉妒。

这样的日子一般持续两三天，就会过去。一来是孩子们毕竟小，容易健忘；二来我那时是大队长，人缘挺好，大伙有事都爱找我。

作文每两周讲评一次，我便要经受一次精神的炼狱。

怎么办呢？

我想到的第一个办法是：从此不要把作文写得那样好。我开始挺随意地写作文，随大流，平平淡淡。果然，王老师不再念我的范文，同学们也和我相亲相爱。正在我很得意的时候，王老师找我了。"你的作文退步了，是不是骄傲了？"我执拗地保持沉默。不是不愿意告诉老师原因，而是不知道怎么说。假如我说了，老师会在班上把同学们数落一顿（她会的，她的脾气很急躁），那我的处境就更糟了。

我讨厌打小报告、告密的人。

王老师苦口婆心地开导我半天。虽说不是对症下药，我还是受到了教育。我想不能这样下去，我不应该用学习赌气。

于是我又开始认认真真地写作文，争取每一篇都写得不同凡响。王老师是满意了，可同学们敌视的恶性循环又开始了。

就没有一个万全之策了吗？

我小小的脑筋动了又动，我发现同学们并不是讨厌我的作文。老师念它们的时候，大伙听得津津有味，不时还发出会意的笑声。同学们只是不喜欢老师反反复复只提一个名字：毕淑敏。

在我年长以后，我知道在心理学上，这种情况叫作"压抑"。同学们为了宣泄自身的情绪，把不满的火焰转移到了我的身上。

我当时自然是不懂这些的。我只觉得自己按老师的要求好好学习，并没有得罪谁，为什么大家伙要和我过不去？

又要写好作文，又要和大家处好关系，小小的我好累！不行了。

我小心翼翼地说："王老师，我最近的作文有进步了吗？"

退回三十年，老师的威严比现在要强大得多。我的这个办法非得老师答应才成，因此心里发虚。"噢，你近来写得不错。今天下午我还要读你的作文。"王老师说。

"我有一个小小的请求……"我战战兢兢地说。

"什么事？你说好了。"王老师的眼睛明亮地注视着我。

"我想……您念我的作文的时候……是不是可以……不念我的名字……"我鼓足勇气说完蕴藏在心中许久的话。

"为什么？我当了这么多年的老师，还是第一次听到这种要求。你总不能让同学们觉得那是一篇无名氏写的东西吧？"王老师有些不耐烦了。

我知道王老师会这么说的，要说服她可不是一件容易的事。索性一不做二不休，我镇静下来，一板一眼地说："我觉得您读谁的作文，主要是看文章写得好不好。至于是谁写的，并不重要。不说名字，您让大伙讨论的时候，没人碍着面子，反倒更好说意见了。我也好给我自己的作文提不足之处……"

我说的都是实话。只是最重要的理由我没有说：我想为自己求一分心灵的安宁。

"你说得有一些道理。好吧，让我们下午试一试。"王老师沉吟着答应了。

那天下午的情形，一如我小小的心所预料的。同学们充满了好奇，发言比平日热烈得多。下课以后，我和大伙快活地跳皮筋。

"嗨！毕淑敏，今天念的范文是你写的吧？"有人问我。

"还能老是她写得好哇？我看今天一准是旁人写的。"有人这样说。

我一概只笑不回答。问得急了，我就说："我猜像是你写的。"

从此以后，我的作文越写越好，和同学们也能友好睦邻。

我至今不知道这算是少年人的机智还是一种早熟的狡猾。它养成了我勤奋不已而又淡泊名利的性格。

但长大以后，看到一则名人名言，"走自己的路，让人们说去吧"。我想那是一种更积极更勇敢的生活态度。

只是我小时候，就是听到了这句教导，也未必敢照着去做。因为我太珍视同小朋友们无忧无虑跳皮筋的机会了。

回家去问妈妈

那一年游敦煌回来，兴奋地同妈妈谈起戈壁的黄沙和祁连山的雪峰。说到在丝绸之路上僻远的安西，哈密瓜汁甜得把嘴唇黏在一起……

安西！多么遥远的地方！我在那里体验到莫名其妙的感动。除了我，咱们家谁也没有到过那里！我得意地大叫。

一直安静听我说话的妈妈，淡淡地插了一句：在你不到半岁的时候，我就怀抱着你，走过安西。

我大吃一惊，从未听妈妈谈过这段往事。

妈妈说你生在新疆，长在北京。难道你是飞来的不成？以前我一说起带你赶路的事情，你就嫌烦，说知道啦，别再啰唆。

我说，我以为你是坐火车来的，一件司空见惯的事情。

妈妈依旧淡淡地说，那时候哪有火车？从星星峡经柳园到兰州，我每天抱着你，天不亮就爬上装货卡车的大厢板，在戈壁滩上颠呀颠，半夜才到有人烟的地方。你脏得像个泥巴娃娃，几盆水也洗不出本色……

我静静地倾听妈妈的描述，才知道我在幼年时曾带给母亲那样的艰难，才知道发生在安西的感动源远流长。

我突然意识到，在我和最亲近的母亲之间，潜伏着无数盲点。

我们总觉得已经成人，母亲只是一间古老的旧房。她给我们的童年以遮蔽，但不会再提供新的风景。我们急切地投身外面的世界，寻找自我的价值。全神贯注地倾听上司的评论，字斟句酌地印证众人的口碑，反复咀嚼朋友随口吐露的一滴印象，甚至会为恋人一颦一笑的含义彻夜思索……我们极其在意世人对我们的看法，因为世界上最困难的事莫过于认识自己。

我们恰恰忘了，当我们环视整个世界的时候，有一双微微眯起的眼睛，始终在背后凝视着我们。

那是妈妈的眼睛啊！

我们幼年的顽皮，我们成长的艰辛，我们与生俱来的弱点，我们异于常人的禀赋……我们从小到大最详尽的档案，我们失败与成功每一次的记录，都贮存在母亲宁静的眼中。

她是世界上第一个认识我们的人。我们何时长第一颗牙？我们何时说第一句话？我们何时跌倒了不再哭泣？我们何时骄傲地昂起了头颅？往事像长久不曾加洗的旧底片，虽然暗淡却清晰地存放在母亲的脑海中，期待着我们将它放大。

所有的妈妈都那么乐意向我们提起我们小时候的事情，她们的眼睛在那一瞬露水般的年轻。我们是她们制造的精品，她们像手艺精湛的老艺人，不厌其烦地描绘打磨我们的每一个过程。

我们厌烦了。我们觉得幼年的自己是一件半成品，更愿以光润明亮、色彩鲜艳、包装精美的成年姿态，出现在众人面前。

于是我们不客气地对妈妈说：老提那些过去的事，烦不烦呀？别说了，好不好？

从此，母亲就真的噤了声，不再提起往事。有时候，她会像抛上岸的鱼，突然张开嘴，急速地扇动着气流……她想起了什么，但她终于什么也没有说，干燥地合上了嘴唇。我们熟悉了她的这种姿势，以为是一种默契。

为什么怕听母亲讲过去的事情？是不愿承认我们曾经弱小？是不愿承载亲人过多的恩泽？我们在人海茫茫世事纷繁中无暇多想，总以为母亲会永远陪伴在身边，总以为将来会有某一天让她将一切讲完。

在一个猝不及防的刹那，冰冷的铁门在我们身后戛然落下。温暖的目光折断了翅膀，掩埋在黑暗的那一边。

我们在悲痛中愕然回首，才发现自己远远没有长大。

我们像一本没有结尾的书，每一个符号都是母亲用血书写。我们还未曾读懂，著者已撒手离去。从此我们面对书中的无数悬念和秘密，无以破译。

我们像一部手工制造的仪器，处处缠绕着历史的线路。母亲走了，那唯一的图纸丢了。从此我们不得不在暗夜中孤独地拆卸自己，焦灼地摸索着组合我们性格的规律。

当我们快乐时，她比我们更欢喜；当我们忧郁时，她是比我们更苦闷的人；当她头也不回地远去的时候，我们才大梦初醒。

损失了的文物永不能复原，破坏了的古迹再不会重生。我们曾经满世界地寻找真诚，当我们明白最晶莹的真诚就在我们身后时，猛一回头，它已永远熄灭。

我们流落世间，成为飘零的红叶。

趁老树盘虬的枝丫还郁郁葱葱时，让我们赶快跑回家，去问妈妈。

问她对你充满艰辛的诞育，问她独自经受的苦难。问清你幼小时的模样，问清她对你所有的期冀……你安安静静地偎依在她的身旁，听她像一个有经验的老农，介绍风霜雨雪中每一穗玉米的收成。

一定要赶快啊！生命给我们的允诺并不慷慨，两代人命运的云梯衔接处，时间只是窄窄的台阶。从我们明白人生的韵律，距父母还能明晰地谈论以往、并肩而行的日子屈指可数。

给母亲一个机会，让她重温创造的喜悦。给自己一个机会，让我深刻洞察尘封的记忆。给众人一个机会，让他全面搜集关于一个人一个时代的故事。

在春风和煦或是大雪纷飞的日子，赶快跑回家，去问妈妈。让我们一齐走向从前，寻找属于我们的童话。

我的五样

老师出了题目——写下"你生命中最宝贵的五样东西"，我拿着笔，面对一张白纸，周围一片静寂无声。万物好似缩微成超市货架上的物品，平铺直叙摆在那里，等待你的挑选。货筐是那样小而致密，世上的林林总总，只有五样可以塞入。

也许是当过医生的缘故，片刻的斟酌之后，我本能地挥笔写下：空气、水、太阳……

这当然是不错的。你不可能设想在一个没有空气和水的星球上，滋长出如此斑斓多彩的生命。但我很快发现自己陷入了困境——如果继续按照医学的逻辑推下去，马上就该写下心脏和气管，它们对于生命之泵也是绝不可缺的零件。结果呢，我的小筐子立马就装满了，五项指标额度用尽。想想那答案的雏形将是：我生命中最宝贵的东西——空气、水、阳光、气管、心脏……哈！充满了科普意味。

如此写下去，恐有弊病。测验的功能，是辅导我们分辨出什么是自我生命中最重要的因子，以致面临人生的重大选择和丧失时，会比较的镇定从容，妥帖地排出轻重缓急。而我的答案，抽象粗放，大而化之，缺乏甄别和实用性。

改弦易辙。我决定在水、空气和阳光三要素之后，写下对我个人更为独特和生死攸关的因子。

于是，第四样——鲜花。

真有些不好意思啊。挂着露滴的鲜花，那样娇弱纤巧，似乎和庄严的题目开了一个玩笑。但我真是如此地挚爱它们，觉得它们美轮美奂，不可或缺。绚烂的有刺的鲜花，象征着生活的美好和无可回避的艰难，愿有一束火红的玫瑰，伴我到天涯。

写下鲜花之后，仅剩一样挑选的余地了。刹那间，无数声音充斥耳鼓，呱呱地申述着自己的不可替代性，想在最后一分钟，挤进我珍贵的小筐。

偷着觑了一眼同学们的答案，不禁有些惶然。

有人写下："父母"。我顿觉自己的不孝。是啊，对于我的生命来说，父母难道不是极为宝贵的因素吗？且不说没有他们哪来的我，单是一想到他们会先我而去，等待我的是生离死别，永无相见，心就极快地冰冷成坨。

有人写下："孩子"。我惴惴不安，甚至觉得自己负罪在身。那个幼小的生命，与我血脉相连，我怎能在关键的时刻，将他遗漏？

有人写下："爱人"。我便更惭愧了。说真的，在刚才的抉择过程中，几乎将他忘了。或许因为潜意识里，认为在未曾识得他之前，我的生命就已存许久。我们也曾有约，无论谁先走，剩下的那人都要一如既往地好好活着。既然当初不是同月同日生，将来也难得同月同日死，彼此已商定不是生命的必需，未进提名，也有几分理由吧?

正不知将手中的孤球，抛向何处，老师的一句话救了我。她说，这生命中最宝贵的东西，不必从逻辑上思索推敲是否成立，只需是你情感上的真爱即可。

凝视再想。

略一顿挫之后，拟写"电脑"。因为基本上已不用笔写作，电脑便成了我密不可分的工作伴侣。落笔之际我凝思，电脑在此处，并不只是单纯的工具，当是一种象征，代表我挚爱的劳动和神圣的职责。很快又联想到电脑所受制约较多，比如停电或是病毒入侵，都会让我无所依傍。唯有朴素的笔，虽原始简陋，却可朝夕相伴风雨兼程。

于是洁白的纸上，记下了我生命中最宝贵的五样东西——水、阳光、空气、鲜花和笔（未按笔画为序，排名不分先后）。

同学们嘻嘻笑着，彼此交换答案。一看之后，却都不作声了。我吃惊地发现，每人的物件，万千气象，绝不雷同，有些简直让人瞠目结舌。比如某男士的"足球"，某女士的"巧克力"，在我就大不以为然。但老师再三提示，不要以自己的观点去衡量他人，于是不露声色。

接下来，老师说，好吧，每个人在你写下的五样当中，划去相对不那么重要的一样，只剩下四样。

权衡之后，我在五样中的"鲜花"一栏旁边，打了一个小小的"×"号，表示在无奈的选择当中，将最先放弃清丽芬芳的它。

老师走过来看到了，说，不能只是在一旁做个小记号，放弃就意味着彻底的割舍。你必得用笔把它全部涂掉。

依法办了，将笔尖重重刺下。当鲜花被墨笔腰斩的那一刻，顿觉四周惨失颜色，犹如21世纪初叶的黑白默片。我拢拢头发咬咬牙，对自己说，与剩下的四样相比，带有奢侈和浪漫情调的鲜花，在重要性上毕竟逊了一筹，舍就舍了吧。虽然花香不再，所幸生命大致完整。

请将剩下的四类当中，再剔去一种，仅剩三样。老师的声音很平和，却带有一种不容商榷的断然压力。

我面对自己的纸，犯了难。阳光、水、空气和笔……删掉哪样是好？思忖片刻，提笔把"水"划去了。从医学知识上讲，没有了空气，人只能苟延残喘几分钟；没有了水，在若干小时内尚可坚持。两害相权取其轻吧。

也许女人真是水做的骨肉，"水"一被勾销，立觉喉咙苦涩，舌头肿痛，心也随之焦躁成灰，人好似成了金字塔里风干的法老。

我已经约略猜到了老师的程序，便有隐隐的痛楚弥漫开来。不断丧失的恐惧，化作乌云大兵压境。痛苦的抉择似一条苦难的巷道，弯弯曲曲伸向远方。

果然，老师说，继续划去一样，只剩两样。

这时教室内变得很寂静，好似荒凉的冢。每个人都在冥思苦想举棋不定。我已顾不得探查他人的答案，面对着自己人生的白纸，愁肠百结。

笔、阳光、空气……何去何从？

闭起眼睛一跺脚，我把"空气"划去了。

刹那间好像有一双阴冷的魔爪，丝丝入扣地扼住我的咽喉，手指发麻眼冒金星，心如擂鼓气息屏窒……

我曾在海拔五千多米的冰山上攀缘绝壁，缺氧的滋味撕心裂肺。无论谁隔绝了空气，生命便飘然而逝。一切只能成为哲学意义上的讨论。

好了，现在再划去一样，只剩下最后一样。老师的音调很温和，但执著坚定充满决绝。对已是万般无奈之中的我们，此语一出，不啻惊雷。

教室内已经有轻轻的哭泣声。人啊，面临丧失，多么软弱苦楚。即使只是一种模拟，已使人肝肠寸断。

笔和阳光。它们在纸上誓不两立地注视着我，陷我于深重的两难。

留下太阳吧——心灵深处在反复呼唤。妩媚温暖明亮洁净，天地一派光明。玫瑰花会重新开放，空气和水将濡养而出，百禽鸣唱，欢歌笑语。曾经失去的一切，都会在不知不觉当中悄然归来。纵使除了阳光什么也没有，也可以在沙滩上直直地卧晒太阳哇。

想到这里，心的每一个犄角，都金光灿灿起来。

只是，我在哪里，在干什么？

我看到自己孤独的身影，在海边寂寞的椰子树下拉长缩短，百无聊赖。孤独地看日出日落，听潮涨潮消。

那生命的存在，于我还有怎样的意义?! 我执著地扬起头来问天。

天无语。

自问至此，水落石出。我慢而稳定地拿起笔，将纸上的"太阳"划掉了。

偌大一张纸，在反复勾勒的斑驳墨迹中，只残存下来一个固守的字——"笔"。

这种充满痛苦和抉择的测验，像一个渐渐缩窄的闸孔，将激越的水流凝聚成最后的能量，冲刷着我们的纷繁的取向。当那通道变得一夫当关、万夫莫开之时，生命的重中之重，就简洁而挺拔地凸立了。

感谢这一过程，让我清晰地得知什么是我生命中的真爱——就是我手中的这支笔啊。它"噗噗"跳动着，击打着我的掌心，犹如我的另一颗心脏，推动我的一腔热血四肢百骸。

　　突然发现周围万籁无声。人们在清醒地选择之后，明白了自己意志的支点，便像婴儿一般，单纯而明朗地宁静了。

　　我细心地收起这张白纸，一如珍藏一张既定的船票。知道了航向和终点，剩下的就是帆起桨落战胜风暴的努力了。

幸福盲

若干年前，看过一则报道，西方某都市的报纸，面向社会征集"谁是世界上最幸福的人"这个题目的答案。来稿很踊跃，各界人士纷纷应答。报社组织了权威的评审团，在纷纭的答案中进行遴选和投票，最后得出了三个答案。因为众口难调意见无法统一，还保留了一个备选答案。

按照投票者的多寡和权威们的表决，发布了"谁是世界上最幸福的人"的名单。记得大致顺序是这样的：

一、给病人做完了一例成功手术，目送病人出院的医生。

二、给孩子刚刚洗完澡，怀抱婴儿面带微笑的母亲。

三、在海滩上筑起了一座沙堡，望着自己的劳动成果的顽童。

备选的答案是：写完了小说最后一个字的作家。

消息入眼，我的第一个反应仿佛被人在眼皮上抹了辣椒油，呛而且痛。继而十分怀疑它的真实性。这可能吗？不是什么人闲来无事，编造出来博人一笑的恶作剧吧？还有几分惶惑和恼怒，在心扉最深处，是震惊和不知所措。

也许有人说，我没看出这则消息有什么不对头的啊！再说，这正是大多数人对幸福的理解，不是别有用心或哗众取宠啊！是的是的，我都明白，可心中还是惶惶不安。当我静下心来，细细梳理思绪，才明白自己当时的反应，是一种深入骨髓的悲哀。原来我是一个幸福盲。

为什么呢？说来惭愧，答案中的四种情况，在某种程度上，我都一定程度地拥有了。我是一个母亲，给婴儿洗澡的事几乎是早年间每日的必修。我曾是一名医生，手起刀落，给很多病人做过手术，目送着治愈了的病人走出医院的大门的情形，也经历过无数次了。儿时调皮，虽然没在海滩上筑过繁复的沙堡（这大概和那个国家四面环水有关），但在附近建筑工地的沙堆上挖个洞穴藏个"宝贝"之类的工程，肯定是经手过了。另外，在看到上述消息的时候，我已发表过几篇作品，因此那个在备选答案中占据一席之地的"作家完成最后一字"之感，也有幸体验过了。

我集这几种公众认为幸福的状态于一身，可我不曾感到幸福，这真是莫名其妙而又痛彻心扉的事情。我发觉自己出了问题，不是小问题，是大问题。这个问题如果不解决，我所有的努力和奋斗，就犹如沙上建塔。从最乐观的角度来说，即使是对别人有所帮助，但我本人依然是不开心的。我哀伤地承认，我是一个幸福盲。

我要改变这种情况。我要对自己的幸福负责。从那时起，我开始审视自己对于幸福的把握和感知，我训练自己对于幸福的敏感和享受，我像一个自幼被封闭在洞穴中的人，在七彩光线下学着辨析青草和艳花、朗月和白云。体会到了那些被黑暗囚禁的盲人，手术后一旦打开了遮眼的纱布，那份诧异和惊喜、那份东张西望的雀跃和喜极而泣的泪水，是多么自然而然。

哲人说过，生活中缺少的不是美，而是发现美的目光。让我们模仿一下他的话：生活中也不缺少幸福，只是缺少发现幸福的眼光。幸福盲如同色盲，把绚烂的世界还原成了模糊的黑白照片。拭亮你幸福的瞳孔吧。你就会看到被潜藏被遮掩被蒙昧被混淆的幸福，就如美人鱼一般从深海中升起，哺育着我们。

谁是你的重要他人

　　她是我的音乐老师，那时很年轻，梳着长长的大辫子，有两个很深的酒窝，笑起来十分清丽。当然，她生气的时候酒窝隐没，脸绷得像一块苏打饼干，很是严厉。那时我大约十一岁，个子长得很高，是大队委员。

　　学校组织"红五月"歌咏比赛，最被看好的是男女声小合唱，音乐老师亲任指挥。我很荣幸被选中。有一天练歌的时候，长辫子音乐老师突然把指挥棒一丢，一个箭步从台上跳下来，侧着耳朵，走到队伍里，歪着脖子听我们唱歌。大家一看老师这么重视，唱得就格外起劲。

　　长辫子老师铁青着脸转了一圈儿，最后走到我面前，做了一个斩钉截铁的手势，整个队伍瞬间安静下来。她叉着腰，一字一顿地说，毕淑敏，我在指挥台上总听到一个人跑调儿，不知是谁。现在总算找出来了，原来就是你！一颗老鼠屎坏了一锅汤！现在，我把你除名了！

　　我木木地站在那里，无法接受这突如其来的打击。刚才老师在我身旁停留得格外久，我还以为她欣赏我的歌喉，唱得分外起劲，不想却被抓了个"现行"。我灰溜溜地挪出队伍，羞愧难当地走出教室。

三天后，我正在操场上练球，小合唱队的一个女生气喘吁吁跑来说，毕淑敏，原来你在这里！音乐老师到处找你呢！

从操场到音乐教室那几分钟路程，我内心充满了幸福和憧憬。走到音乐教室，长辫子老师不耐烦地说，你小小年纪，怎么就长了这么高的个子?!

我听出话中的谴责之意，不由自主地弓了身子塌了腰。从此，这个姿势贯穿了我整个少年和青年时代。

老师的怒气显然还没发泄完，她说，你个子这么高，唱歌的时候得站在队列中间，你跑调走了，我还得让另外一个男生也下去，队列才平衡。小合唱本来就没有几个人，队伍一下子短了半截，这还怎么唱？现找这么高个子的女生，合上大家的节奏，哪那么容易？现在，只剩下最后一个法子了……

长辫子老师站起来，脸绷得好似新纳好的鞋底。她说，毕淑敏，你听好，你人可以回到队伍里，但要记住，从现在开始，你只能干张嘴，绝不可以发出任何声音！说完，她还害怕我领会不到位，伸出细长的食指，笔直地挡在我的嘴唇间。

我好半天才明白了长辫子老师的禁令，让我做一个只张嘴不出声的木头人。我的泪水憋在眼眶里打转，却不敢流出来。我没有勇气对辫子老师说，如果做傀儡，我就退出小合唱队。

在无言的委屈中，我默默地站到了队伍之中，从此随着器乐的节奏，口形翕动，却不能发出任何声音。长辫子老师还是不放心，只要一听到不和谐音，锥子般的目光第一个就刺到我身上……

小合唱在"红五月"歌咏比赛中拿了很好的名次，只是我从此遗下再不能唱歌的毛病。毕业的时候，音乐考试是每个学生唱一支歌，但我根本发不出自己的声音。音乐老师已经换人，并不知道这段往事，很是奇怪。我含着泪说，老师，不是我不想唱，是我真的唱不出来。

后来，我报考北京外国语学院附中，口试的时候，又有一条考唱歌。我非常决绝地对主考官说，我不会唱歌。

在以后几十年的岁月中，长辫子老师那竖起的食指，如同一道符咒，锁住了我的咽喉。禁令铺张蔓延，到了凡是需要用嗓子的时候，我就忐忑不安、逃避退缩。我不但再也没有唱过歌，就连当众演讲和出席会议做必要的发言，我也是能躲就躲，找出种种理由推脱搪塞。有时在会场上，眼看要轮到自己发言了，我会找借口上洗手间溜出去。有人以为这是我的倨傲和轻慢，甚至是失礼，只有我自己才知道，是内心深处不可言喻的恐惧和哀痛在作祟。

直到有一天，我在做"谁是你的重要他人"这个游戏时，写下了一系列对我有重要影响的人物之后，脑海中不由自主地浮现出了长辫子音乐老师那有着美丽的酒窝却像铁板一样森严的面孔，一阵战栗滚过心头。于是我知道了，她是我的"重要他人"。虽然我已忘却了她的名字，虽然今天的我以一个成人的智力，已能明白她当时的用意和苦衷，但我却无法抹去她在一个少年心中留下的惨痛记忆。烙红的伤痕直到数十年后依然冒着焦煳的青烟。

我们的某些性格和反应模式，由于这些"重要他人"的影响，而被打上了深深的烙印。那时你还小，你受了伤，那不是你的错。但你的伤口至今还在流血，你却要自己想法包扎。如果它还像下水道的出口一样嗖嗖地冒着污浊的气味，还对你的今天、明天继续发挥着强烈的影响，那是因为你仍在听之任之。童年的记忆无法改写，但对一个成年人来说，却可以循着"重要他人"这条缆绳重新梳理，重新审视我们的规则和模式。如果它是合理的，就把它变成金色的风帆，成为理智的一部分；如果它是晦暗的荆棘，就用成年人有力的双手把它粉碎。

当我把这一切想清楚之后，好像有热风从脚底升起，我能清楚地感受到长久以来禁锢在我咽喉处的冰霜噼噼啪啪地裂开了。一个轻松畅快的我，从符咒之下解放了出来。从那一天开始，我可以唱歌了，也可以面对众人讲话而不胆战心惊了。从那一天开始，我宽恕了我的长辫子老师，并把这段经历讲给其他老师听，希望他们谨慎小心地面对孩子稚弱的心灵。童年时被烙下的负面情感，是难以简单地用时间的橡皮轻易擦去的。

像烟灰一样松散

常常觉得射击这个运动挺有意思。在现实生活中极具杀伤力的举动，在运动场上却是很平和的。你可以根本不知道你的对手是谁，不知道他打了多少环。你只是和你自己做斗争，你要最大限度地调动你自己的能力，打出你的好成绩。当然，最终的比分要在对比中产生，但你最主要的对手始终是你自己。

有时候想，如果60发子弹，打出了600环的世界纪录，那么，这项赛事还要不要继续比试下去了？答案可能是——还要。因为除了准确以外，还有快速。

记得我当新兵实弹射击，9发子弹打了81环，勉勉强强算个优秀。我第一发子弹就打偏了，是个7环。打完后看到靶纸，那个7环的位置正好是在人像头部太阳穴附近。我说，哎呀，我这枪法尚可嘛，这一枪打过去，便可以致敌死命，为什么只给7环？连长说，你瞄的是哪里？我说，是胸膛。连长说，你瞄的是胸，却打到了脑门上，给你个7环就不错了。

近年结识了一位警察朋友，好枪法。不单单在射击场上百发百中，更在解救人质的现场，次次百步穿杨。当然了，这个"杨"不是杨树的杨，而是匪徒的代称。我问他从哪里来的这份神功，他答非所问地说，我从来不参加我学生的葬礼。我以为他是怕伤感。由于枪法出众，很多人向他学习，在射击这一行，也是桃李满天下了。我自以为是地说，参加自己学生的葬礼，就有了白发人送黑发人的凄楚吧。他听了我的猜测，很不屑地说，不是那个意思。你既然当了我的学生，就不应当死在歹徒的枪下。所以，我不参加学生的葬礼，原因有二。一是他们之中至今还一个都不曾死。二是如果他们死了，就不是一个好射手，我不认他做学生。

我笑说，以我的枪法，肯定在第一枪的时候就被"杨树"打死了，于是我向他请教射击的要领。他说，很简单，就是极端地平静。我说这个要领所有打枪的人都知道，可是做不到。他说，记住，你要像烟灰一样松散。只有放松，全部潜在的能量才会释放出来，协同你达到完美。

他的话我似懂非懂，但从此我开始注意以前忽略了的烟灰。烟灰，尤其是那些优质香烟燃烧后的烟灰，非常松散，几乎没有重量和姿态，真一个大象无形。它们懒洋洋地趴在那里，好像在冬眠。其实，在烟灰的内部，栖息着高度警觉和机敏的鸟群，任何一阵微风掠过，哪怕只是极清淡的叹息，它们都会不失时机地腾空而起驭风而行。它们的力量来自放松，来自一种飘扬的本能。这些本身没有结构、没有动力，可以说是微不足道的粉末，在某一个瞬间却驾驭能量，飞向远方。

　　松散的反面是紧张。几乎每个人都有过由于紧张而惨败的经历。比如，考试的时候，全身肌肉僵直，心跳得好像无数个小炸弹在身体的深浅部位依次爆破，手指发抖头冒虚汗，原本记得滚瓜烂熟的知识，改头换面潜藏起来，原本泾渭分明的答案变得似是而非，泥鳅一样滑走……考生面试的时候，要么扭扭捏捏不够大方，无法表现自己的真实实力，要么口若悬河躁动不安，拿捏不准问题的实质，只得用不停的述说掩饰自己的紧张，适得其反……比如约会朋友本想讲出自己情感的关键词汇，不料面红耳赤嘴笨得像棉裤腰，闹出误会贻误了终身的幸福……嗨，恕我就不一一列举悲惨的例子了，相信每个人都储存了一大堆这类不堪回首的往事。在危急时刻，能保持极端的放松，不是一种技术，而是一种修养，是一种长期潜移默化修炼提升的结果。我们常常说，某人胜就胜在心理上，或是说某人败就败在心理上。这其中的差池不是指在理性上，而是这种心灵张弛的韧性上。

　　没事的时候，看看烟灰吧。它们曾经是火焰，燃烧过沸腾过，但它们此刻很安静了。它们毫不张扬地聚精会神地等待着下一次的乘风而起，携带着全部的能量，抵达阳光能到达的任何地方。

人物

蓝宝石刀

一次朋友聚会，来了几位新面孔。席间，有男士谈起自己新交的女友，说是一位美女。于是不但在座的男子几乎全体露出艳羡之色，就是各个年龄段的女人，也普遍显出充分的向往与好奇。

大家纷说，原以为美女都已随着古典情怀的消逝，被现代文明毒死，不想这厢还似尼斯湖怪般藏着一个。众人正感叹着美女的重新出山，突然从客厅的角落里发出了一个声音：美女是有公众标准的。不是你说她是，她就是的。恋爱的人，眼里出西施。

大家诧然复茫然，想想也有理。先别忙着赞叹，到底是不是个真美女，还有待考察商榷呢！

说这煞风景话的男子，看去细而柔的身材，平淡的五官。但并不虚弱，四肢甚至可以说是有力的。

于是有人对那位与美女交往的男子说，带着照片吗？拿出来让大伙看看吧！一来让我们养养眼，二来也让蓝刀鉴定一下，到底算不算真美女！

我悄声问身旁的朋友，蓝刀是谁？

他指指细而不弱的小伙子说，他就是。

我说，蓝刀——好古怪的名字！江湖上的？武林高手？

朋友说，他是整形外科医学博士。因为他常用蓝宝石手术刀，所以圈内人称他蓝刀。

美女之友架不住众人的鼓动，从西服内袋掏出一张照片。姿势娴熟，想来是常常观摩的。

彩照，长跑火炬似的在众人手间传递。几位上了年纪的，还掏出了老花镜。

好不容易轮到我。姑娘确实美丽，身材相貌都属上乘，起码不逊于时下影视界的靓丽偶像。

照片最后传到蓝刀手里。不知道是巧合还是大伙等着他一锤定音，喧哗的客厅，悄无声息了。

蓝刀只看了一眼。真的，只一眼。我觉得即使从敬业的角度来说，他也该多看几眼的。后来蓝刀解释，一是将别人女友盯住不放，有失礼仪。再是对于老农来说，庄稼长势如何，一瞄足够。

蓝刀说，总体上，还不错。这是一位17世纪的美人形象。

大家驳道，美人又不是瓷器，还有时代限制？

蓝刀正言，时间感很重要。比如盛唐以肥为美，杨贵妃就是个双下巴。连那时的菩萨塑像，也个个超重。而17世纪的标准美人是：眼要重睑，也就是咱们平常说的双眼皮。鼻子要从侧面看是微微上翘的，万万不能是鹰钩。嘴唇不可太大，更不可太小。上嘴唇较下嘴唇稍薄，反过来就是败笔。左面的颊上有一个酒窝，要是不幸长在右面就要减分。颈部可以有皱褶，但形状一定要好，如同一圈天然的项链……

大家听到这里就大笑说，真够苛刻，难为女人了。有起哄道，蓝刀，不要光说好的，来点具有专业水准的。

那潜台词是期待蓝刀指出这女子的容貌缺陷。

蓝刀以目光征询美女男友意见。小伙子好像也很想长点知识，做出愿意洗耳恭听的模样。

蓝刀说，既然说到专业，我就再发表点意见，学术研究，没有别的意思。若是冒犯了，请多原谅。从照片来看，这位女性的相貌还有可圈可点之处。一是从发际到下颏之间的距离，应为本人的三个耳朵的长度。以这个比例要求，似稍嫌长了一点。鼻尖、嘴唇中点和下颏点，应为一直线，此为美人非常重要的一个指标。但这位女生鼻尖稍向右偏了一点，于是面部就有了少许不平衡之感。女性好细腰，但并不是越细越好，从美学的角度来看，腰围以头围的 1.618 倍最好……

大家哄笑起来，说，蓝刀，闭嘴吧。照你这样算下去，人间真的没有美女了。

蓝刀也就不再就该女士发表意见。但由此引出的话题新鲜有趣，整个晚上，蓝刀成了主角。

　　一位桥梁工程师说，对不起，不是针对你个人。我倒是很有点看不起整容医生的。

　　蓝刀很沉着地问，为什么呢？

　　工程师说，虽然你们是医生，却没有急诊。我不是医生，可我知道，几乎所有的科，都有急诊。比如外科，那就不必说了。妇产科，小儿科……就连牙科吧，也有。比如你的腮帮子被人打漏了，你就得上口腔医院马上缝。可有谁急诊整形呢？它是富贵事，可有可无的。

　　蓝刀说，你说得对，整形外科没有急诊。但是，一个烧伤的病人，你不为他整容，他就无法回到正常的人群当中。你倒是用急诊把他的生命挽救回来，但他自惭形秽，自暴自弃，再也无法挺胸做人。还有，若是他不整容走到街上，月黑风高，谁要是在胡同拐角处突然看到一个满脸焦疤的人，以为遇到了妖怪，惊恐万状，虚脱休克，人道吗？

　　听蓝刀这么一讲，大家就觉得整容也是社会发展到高级阶段的产物，医学百花中的一朵。

　　有人问：什么人适宜做整容？

　　蓝刀清清嗓子说，我先不回答这个问题。我想说的是——什么人不适宜做整容？

　　大家说，原来不是掏钱就能做，你们规矩还挺大。

　　蓝刀说，有八种人我是不给他做整形手术的。

　　第一种人，天天身上带着一面小镜子，无论何时何地都随手把小镜子拿出来，顾影自怜或是自惭形秽的人，不做。

大伙忙问，为什么？

蓝刀说，他认为人世间最重要的事就是他的容貌，自信心和尊严都系此一事。这样的人，无论手术做得怎样成功，他都会认为未能达到目的。所以，我不能自找烦恼。

第二，进我诊所时，拿着一本或几本时尚导刊，指着封面或是封底的某明星或歌星的大幅照片说，我的要求不高，就是做成她的那个鼻子加上她的那个嘴巴……

大家笑道，这是不能做。无论如何你无法使他满意。

蓝刀叹气道，我心中常常又好笑又生气，便对来者说，你以为我是谁，上帝吗？可惜，我不是。纵使我能把你修理出那规格的鼻子和嘴巴，你可有那样的才气和奋斗？

第三种不做的人是头不梳脸不洗衣冠不整浑身散发不洁气息……

不等蓝刀说完，大家打断道，这一条，好似不合情理吧？正是因为某些人的仪表不良，他们才要求整理容貌，你怎么反而拒之门外呢？

蓝刀说，一个人的容貌可以被毁或是天生缺憾，但爱整洁是教养和习惯问题，不仅是对他人的敬重，更是对自己的珍惜。如果一个人没有这份热爱生命的感觉和精心维持，那么，我就是辛辛苦苦地帮他建设了较好的硬件，软件跟不上，还是没良效的。我尊重自己的劳动，我愿把宝贵的精力放到更善待自己的人身上。

大家默然片刻后表示可以接受。接着问，其他呢？

蓝刀说，第四种，凡来人说，我本人并不想来此做什么整容手术，都是我的家人——丈夫或是男友，要我来做的……这样的人，我也概不接待。

大家说，呵，那么绝对啊？

蓝刀说，是。容貌是自己的内政，无论它怎样丑陋，只要自己接受，别人就无权干涉。如果一个人因为惧怕或是讨好，听命于另外一个人，被迫接受了在自己身上动刀动剪动针动线，那是很不情愿和凄凉的事情。我不愿成为帮凶。

大伙频频点头，表示言之成理。

蓝刀说，第五条，多次在就诊时间迟到或是无故改变约定的人，不做。

大家说，这倒有些奇怪，你又不是兵营。遵纪守时的问题，和医疗何干呢？

蓝刀说，整形手术需反复多次，其中的艰苦和磨难，超乎想象。手术程序一旦开始，又不可中断。你不能把大腿上的皮瓣做好了准备移到脸上，但本人突然不干了……所以，纪律性和承诺感不好的人，我不为他做手术。医生精力有限，我不愿在医疗以外的事情上花费太多的时间。

第六条，对同一问题，反复询问。我这次答复了，下次又问的人。我不做。

大家笑道，蓝刀，脾气够大啊。是不是求你手术的人太多了，店大欺客啊？问来问去，可能是那人记性不好，干吗不依不饶？

蓝刀说，一个人对自己高度关注的事，况且我反复讲过多遍，还记不住，这是记忆问题吗？不是。是信任问题。他不信任我，所以不厌其烦地追问，好像审讯。我虽可理解这种心情，但我不能给一个不信任我的人动手术。无论是对我还是对他，都不愉快。

大家愣了一下，没人再作声，表示尊重一名资深医生对病人的挑剔。

第七条，态度特好或是态度特不好的病患，对医生满口奉承和送礼的病患，表现得特别合作或是特别不合作的病患，概不做。蓝刀一字一顿很慢地说。

大家道，这一条，能顶好几条。情况却大不一样。态度不好的不做，明白。但态度特好的也不做，费解。

蓝刀说，他为什么特别殷勤？后面肯定有这样一个假设——如果他不送礼，我就不会尽心尽意地为他手术。他能奉承我，就也能诋毁我，不过是正反面吧。手术是一件充满概率的事情，即使我惨淡经营殚精竭虑，也不可能百战百胜。为了那个无所不在的概率，我要保留弹性。我需要有医生的安全感和世人对"万一"的理解。得给自己留一条后路。

客厅的空气一下子变得有点沉重。

该第八条了，也就是最后一条了。沉默半晌，大家提醒蓝刀。

蓝刀说，这一条，简单。凡是手术前不接受照相的人，不做。

有人打趣道，整形大夫是不是和某影楼联营了，可以提成？要不，为什么有这样古怪的要求？

蓝刀道，一个人破了相，不愿摄下自己不美的容颜，可以理解。但是，为了对比手术的效果，为了医学档案的需要，留有确切的原始记录，总结经验教训，都要保留病患术前的相貌。当然，会做好保密的。但是，有些人说什么也不接受这一合情合理的要求。没办法，既然他连面对真实情形的勇气都没有，怎能设想他和医生鼎力配合呢？所以，只有拒之门外了。

蓝刀说到这里，很有一些痛惜之意。

分手的时候，蓝刀热情地说，欢迎大家到我的诊所做客。大伙回答，蓝刀，我们会去的。不是去整形，是听你说这些有趣的话。

悠长的铃声

雨天，是城市的忌日。

花花绿绿的伞，填满每条街道，到处堵车。我大清早出门，赶到读书的学院，还差一分钟就要上课了。

"今天你晚了。"看大门兼打铃的老师傅说。他瘦而黑，像一根铁钉。别的同学都住校，唯我走读。开学才几天，他这是第一次同我讲话。

"不晚。"我撒腿就跑。从大门口到教室的路很长，就是有本·约翰逊的速度再加了兴奋剂，也来不及。课堂纪律严格，我只是想将损失减少到最小。

上课的铃声在我背后响起来了，像一条鞭子，抽我的双腿。有一瞬，我几乎想席地坐下，喉咙里发咸，仿佛要吐出红色来。迟到就迟到吧！纪律虽严，健康还是最重要的！

我的脚步迟缓下来，仿佛微风将息的风车。然而铃声还在宁静而悠远地响着，全然没有即将沉寂的细弱。

只要铃声响着，我就不该停止奔跑，我对自己说。

终于，到了。

老师和同学们都在耐心地倾听着，等待铃声的完结。

放学时，我走过大门，很想向老人表示感谢。可是，说什么好呢？说谢谢您把铃绳拽得时间那么长吗？我想在学府里，最好的谢意莫过于知识者对普通人的尊敬，便很郑重地问："老师傅，您贵姓？"

"免贵……"然后，他告诉我姓氏。

我的脑幕上管记忆一般人姓氏的区域，似乎被虫蛀过，总是容易搞错。不过这难不住我，我创造了联想方式。比如，听了看门师傅的姓氏，我脑海中就幻化出花果山水帘洞的景象，一群猴子在乱窜……这法子秘不传人，却是百试百灵的。

上学三年，我认真称呼他的机会并不多。唯有恰恰赶在上课铃响之时，我经过校门，才会恭恭敬敬地称他一声："侯师傅好！"

若是他一个人，会冲着我宽厚地笑笑。有时围着做饭、植花的其他师傅，我便格外响亮地招呼他，表示我对他的尊重。周围的人看着他嬉笑，他就不好意思地低下头。其后，便会有悠长的铃声响起，像盘旋的鸽群，陪伴我走进教室。

当我伸直双腿安稳地坐在课桌前，铃声才像薄雾一般散去。"看门的老头拽着铃绳睡着了。"同桌说。

只有我知道这秘密，但我永远不会说。说出来，便破坏了这一份温情、这一番默契。

终于，我以优异的成绩良好的品行，从学院毕业。我拎着沉重的书包走出校门，最后一次对铁钉样的老人说："侯师傅好！"他瞅瞅四周无人，靠近我，"你就要走了。我想同你说一件事。"

"你不要放在心上……"他又踌躇了，"我只是想告诉你……唉，不说了……不说了……"他苍老的头颅在秋风中像芦花一般摆动着，脸色因为窘迫，像生了红锈。

"到底是什么事呢？"我的好奇心发作了。

"他们说你是成心的，我说不是……"老人舔了一下嘴唇，好像那里粘着一粒砂糖，慈善地看着我。

"您快说嘛！侯师傅！"听这口气，与我有关，忙不迭地追问。

"你千万别介意……我不是姓侯，我姓孙……"

紫色人形

那时我在乡下医院当化验员。一天到仓库去，想领一块新油布。

管库的老大妈把犄角旮旯翻了个底朝天，然后对我说："你要的那种油布多年没人用了，库里已无存货。"

我失望地往外走，突然在旧物品当中发现了一块油布。它折叠得四四方方，从翘起的边缘处可以看到一角豆青色的布面。

我惊喜地说："这块油布正合适，就给我吧。"

老大妈毫不迟疑地说："那可不行。"

我说："是不是有人在我之前就预订了它？"

她好像陷入了回忆，有些恍惚地说："那倒也不是，我没想到把它给翻出来了，当时我把它刷了，很难刷净。"

我打断她说："就是有人用过也不要紧，反正我是用它铺工作台，只要油布没有窟窿就行。"

她说："小姑娘你不要急。要是你听完了我给你讲的这块油布的故事，你还要用它去铺桌子，我就把它送给你。

"我那时和你现在的年纪差不多，在病房当护士，人人都夸我态度好技术高。有一天，来了两个重度烧伤的病人，一男一女。后来才知道他们是一对恋人，准确地说是新婚夫妇。他们相好了许多年，吃了很多苦，好不容易才盼到大喜的日子。没想到婚礼的当夜，一个恶人点燃了他家的房檐。火光熊熊啊，把他们俩都烧得像焦炭一样。我被派去护理他们，一间病房，两张病床，这边躺着男人，那边躺着女人。他们浑身漆黑，大量地渗液，好像血都被火焰烤成了水。医生只好将他们全身赤裸，抹上厚厚的紫草油，这是当时我们这儿治烧伤最好的办法。可水珠还是不断地外渗，刚换上布单几分钟就湿透。搬动他们焦黑的身子换床单，病人太痛苦了。医生不得不决定铺上油布。我不断地用棉花把油布上的紫色汁液吸走，尽量保持他们身下干燥。别的护士说，你可真倒霉，护理这样的病人，吃苦受累还是小事，他们在深夜呻吟起来像从烟囱中发出哭泣，多恐怖！

"我说，他们紫黑色的身体，我已经看惯了。再说他们从不呻吟。

"别人惊讶地说，这么危重的病情不呻吟，一定是他们的声带烧煳了。

"我气愤地反驳说，他们的声带仿佛被上帝吻过，一点都没有灼伤。

"别人不服，说既然不呻吟，你怎么知道他们的嗓子没伤？

"我说，他们唱歌啊！在夜深人静的时候，他们会给对方唱我们听不懂的歌。

"有一天半夜，男人的身体渗水特别多，都快漂浮起来了。我给他换了一块新的油布，瞧，就是你刚才看到的这块。无论我多么轻柔，他还是发出了一声低沉的呻吟。换完油布后，男人不作声了。女人叹息着问，他是不是昏过去了？我说，是的。女人也呻吟了一声说，我们的脖子硬得像水泥管，转不了头。虽说床离得这么近，我也看不见他什么时候睡着什么时候醒。为了怕对方难过，我们从不呻吟。现在，他呻吟了，说明我们就要死了。我很感谢您。我没有别的要求，只请您把我抱到他的床上去，我要和他在一起。

"女人的声音真是极其好听，好像在天上吹响的笛子。

"我说，不行。病床那么窄，哪能睡下两个人？她微笑着说，我们都烧焦了，占不了那么大的地方。我轻轻地托起紫色的女人，她轻得像一片灰烬……"

老大妈说："我的故事讲完了。你要看看这块油布吗？"

我小心翼翼地揭开油布，仿佛鉴赏一枚巨大的纪念邮票。由于年代久远，布面微微有些粘连，但我还是完整地摊开了它。

在那块洁净的豆青色油布中央，有两个紧紧偎依在一起的淡紫色人形。

儿子的创意

　　儿子在家里乱翻我的杂志，突然说："我准备到日本旅游一次。"因为他经常异想天开，我置之不理。

　　他说："咦，你为什么不表态？难道不觉得我很勇敢吗？"

　　我说："是啊是啊，很勇敢。可世上有些事并不单是勇敢就够用。比如这件事吧，还得有钱。"

　　他很郑重地说："这上面写着，举办一次有关宗教博物馆建筑的创意征文比赛。金牌获得者，免费到日本观光旅游。"说着，把一本海外刊物递给我。

　　我看也不看地说："关于宗教，你懂得多少？关于建筑，你懂得多少？金牌银牌历来都只有一块，多么激烈的争夺。你还是好好做功课吧。"

　　他毫不气馁地说："可是我有创意啊！比如这个博物馆里可以点燃藏香，给人一种浓郁的宗教气氛。比如这个博物馆里可以卖斋饭，让参观的人色香味立体地感受宗教。比如这个博物馆里可以播放佛教音乐，您从少林寺带回的药师菩萨曲，听的时候就让人感到很宁静。比如……"

我打断他说："别比如了，像你这样布置起来，我想起了旧社会的天桥。人家征的是建筑创意，要像悉尼的贝壳状大歌剧院，有独特的风格。我记得你小时候连积木都搭不好，还谈什么建筑！"

十几岁的儿子好脾气，不理睬我的挖苦，自语道："在地面挖一个巨大的深坑，就要100米吧，然后把这个博物馆盖在底下……"

我说："噢，那不成了地下宫殿？"

儿子不理我，遐想着说："博物馆和大地粗糙的岩石泥土间要留有空隙，再用透明的建筑材料砌成外墙，这样参观的人们时时刻刻会感到土地的存在，产生一种神秘感。从底下向阳光明媚的地面攀升，会有一种自豪感。地面部分设计成螺旋状的飞梯，象征着人类将向宇宙探索……"他在空中比画了一个上大下小的图形。

我不客气地打断他，"挖到地下那么深的地方，会有矿泉水涌出来，积成一个火山口样的湖泊。你想过没有？再说什么样的建筑材料，可以长久地保持你所要求的透明度？还有你设计的飞梯，空中的螺旋状，多么危险！反正我是不敢上这种喇叭形的梯子。还有……"

儿子摆摆手说："妈妈，您说的问题都是问题。不过那是工程师们需要解决的问题，不关我的创意。妈妈，您知道什么是创意吗？那就是最富于创造性的意见啊。"

我叹了一口气说："好了，随你瞎想好了。不过我要提醒你一句，对于一个学生来说，我以为最好的创意莫过于一个好成绩了。"

儿子在电脑上完成了他的创意。付邮之前，我说："可以让我看看你的完成稿吗？"

他翻了我一眼说："您是评委吗？"

我只好一笑了之。

很长时间过去了，在我们几乎将这事淡忘的时候，儿子收到了一个写着他的名字并称他为"先生"的大信封。

他看了一眼地址，那是征文发起部门寄来的。儿子对我说："妈妈，猜猜信里有什么？"

我说："一封感谢信。所有的投稿者都会得到的回答。"

儿子说："我猜是一张飞往东京的机票。"

我们拆开信，里面是一张请柬，邀请儿子到海外参加发奖仪式。

儿子苦恼地说："现在赶去也来不及了。再说他们也没说清我是不是获奖者。"

我说："还不死心啊？邀请你参加发奖，已是天大的面子。我想，这同我们这儿的电视剧友情出演一样，烘托气氛，以壮声威，是助兴之举。"

儿子思忖着说："妈，您说这发奖会不会像奥斯卡奖一样，给所有可能获奖的人都发请柬，到时候再突然宣布谁是真正的得主？"

我说："一个建筑奖恐怕不会像电影奖那样张扬。别想那么多了，重要的在于你已参与。"

儿子皱起眉头说："参与固然重要，得奖也很重要。"

我说："对于你现在最重要的是做作业。"

当我们把这件事完全忘记的时候，接到了征文举办部门的第二封信。信中说，我的儿子没能去参加那天隆重的发奖仪式，他们深感遗憾。儿子得了创意银牌奖，奖牌及奖金他们设法转来。

儿子放学回来，还没摘书包，我就把信给他。

他看了一眼，然后淡淡地说："银牌啊？我想我是该得金牌的。一定是他们觉得我年岁小，一个人到日本去不方便，商量了一下就说，算了，给他个银牌吧。"

我瞠目结舌，停了一会儿才问他："你为什么这么想到日本去呢？"

他立时来了精神，兴致勃勃地说："日本的游戏机好玩儿，我去了就可以买一台回来玩儿啊。"

那个搭车的青年

那一年，我"五一"放假回家，搭了一辆地方上运送旧轮胎的货车，颠簸了一天，夜幕降临才进入离家百来里的戈壁，正是春天，道路翻浆。突然在无边的沉寂当中，立起一根土柱，遮挡了银色的车灯。

"你找死吗？你！你个兔崽子！"司机破口大骂。我这才看清是个青年，穿着一件黄色旧大衣，拎着一个系着棕绳的袋子。

"我不是找死，我要搭车，我得回家。"

"不搭！你没长眼睛吗？驾驶室里已经有人了，哪有你的地方！"司机愤愤地说。

"我没想坐驾驶室，我蹲大厢板就行。"

司机还是说："不搭！这样的天，你蹲大厢板会生生冻死！"说着，踩了油门，准备闪过他往前开。

那个人抱住车灯说："就在那儿……我母亲病了……我到场部好不容易借到点小米……我母亲想吃……"

"让他上车吧!"我有些同情地说。

他立即抱着口袋往车厢上爬:"谢谢谢……谢……"最后一个"谢"字已是从轮胎缝隙里发出来的。

夜风在车窗外凄厉地鸣叫。司机说:"我有一个同事,是个很棒的师傅。一天,他的车突然消失了,很长时间没有踪影。后来才知道,原来是有个青年化装成一个可怜的人,拦了他的车,上车以后把他杀死,甩在沙漠上,自己把车开跑了。"

我心里一沉,找到司机身后小窗的一个小洞,屏住气向里窥探。

"他好像有点冷,别的就看不出什么了,"我说。"再仔细瞅瞅。我好像觉得他要干什么。"

这一次,我看到青年敏捷地跳到两个大轮胎之间,手脚麻利地搬动着我的提包。那里装着我带给父母的礼物:"哎呀,他偷我的东西呢!"

司机很冷静地说:"怎么样?我说的没错吧。"

"然后会怎么样呢?"我带着哭音说。

"你也别难过。我有个法子试一试。"

只见司机狠踩油门,车就像被横刺了一刀的烈马,疯狂地弹射出去。我顺着小洞看去,那人仿佛被冻僵了,弓着腰抱着头,石像般凝立着,企图凭借冰冷的橡胶御寒,我的提包虽已被挪了地方,但依旧完整。

我把所见跟司机讲了，他笑了，说："这就对了，他偷了东西，原本是要跳车了，现在车速这么快，他不敢动了。"

路面变得更加难走，车速减慢了。我不知如何是好，紧张地盯着那个小洞。青年也觉察到了车速的变化，不失时机地站起身，重新搬动了我的提包。我痛苦地几乎大叫，就在这时，司机趁着车的趔趄，索性加大了摇晃的频率，车身剧烈倾斜，车窗几乎吻到路旁的沙砾。

我想到贼娃子一举伤了元气，一时半会儿可能不会再打我提包的主意了，心里安宁了许多。只见那个青年艰难地往轮胎缝里爬，他把我的提包紧紧地抱在怀里，往手上哈着气，摆弄着拉锁上的提梁。这时，他扎在口袋上的绳子已经解开，就等着把我提包里的东西搬进去呢……

"师傅，他……他还在偷，就要把我的东西拿走了……"我惊恐万状地说。

"是吗？"师傅这次反倒不慌不忙，嘴角甚至显出隐隐的笑意。

"到了。"司机突然干巴巴地说。

我们到一个兵站了，也是离那个贼娃子住的村最近的公路，他家那儿是根本不通车的，至少还要往沙漠腹地走10公里……司机打亮了驾驶室里的大灯，说："现在不会出什么事了。"

那个青年挽着他的口袋，像个木偶似的往下爬，狼狈地踩着轳辘跌下去，跪坐在地上。不过才个把时辰的车程，他脑上除了原有的土黄之外，还平添了青光，额上还有蜿蜒的血迹。

"学学啦……学学……"他的舌头冻僵了，把"谢"说成"学"。

我们微笑地看着他，不停地点头。

他说："学学你们把车开得这样快，我知道你们是为我在赶路……"他抹了一把下颌，擦掉的不知是眼泪、鼻涕还是血。

他点点头，恋恋不舍地离开了我们。

看着他蹒跚的身影，我不由自主地喝了一声："你停下！"

"我要查查我的东西少了没有。"我很严正地对他说。

司机赞许地冲我眨眨眼睛。

青年迷惑地面对我们，脖子柔软地耷拉下来，不堪重负的样子。我爬上大厢板，动作是从未有过的敏捷。我看到了我的提包，像一个胖胖的婴儿，安适地躺在黝黑的轮胎之中。我不放心地摸索着它，每一环拉锁都像小兽的牙齿般细密结实。

突然触到棕毛样的粗糙，我意识到这正是搭车人袋子上那截失踪的棕绳。它把我的提包牢牢地固定在大厢的木条上，像焊住一般结实。

我的心像凌空遭遇寒流，冻得皱缩起来。

不会变形的金刚

"妈妈，咱们走吧！我不要变形金刚。"十岁的儿子对我说。

这是一家新开的百货商场。作为一个家境不宽裕的主妇，每逢我带着儿子的时候，总是像避开雷区一样躲着玩具柜台。这家商场的经理很精明，在一进门通常飘荡着化妆品香风的大厅处，摆满了令人耳目一新的玩具，猝不及防！

我踌躇着是否退出去。商场门口贴着优惠展销各式毛线的海报，我需要买毛线织一条暖和的围巾和一顶美丽的帽子。

毛线也不是"仅此一家，别无分店"，换个地方买吧！

我紧拉着儿子的手，稍微用了点劲，准备找一个适当的理由，领着儿子离开这里。

只是这理由需编得美满。十岁，正是清清纯纯又混混沌沌的年龄。我不愿让他过早地知道金钱的效力和家中的困窘，又怕他稚嫩的心因为买不到心爱的玩具而受到折磨，真想用手掌遮住他的眼睛……

不料儿子说出了这样的话：

"妈妈，咱们走吧！我不要变形金刚。"

我真不知该怎样感谢儿子的懂事才好！

为此，我诅咒那些美国人、日本人……我说不出发明这种奇异而巧妙的机器人玩具——变形金刚的，具体是他们其中的哪一拨，也许人人有责。"红蜘蛛""擎天柱""恐龙钢索"强盗一样霸占了儿子每个星期六和星期天的晚上，闹得我连电视新闻也看不周全。当他们通过屏幕把这些无中生有的形象，像烙铁一样印进孩子们的梦境后，成千上万造型惟妙惟肖的变形金刚，就像蝗虫一样杀上了玩具柜台，像吞噬非洲的庄稼一般咽进父母们的钞票。

如果不是有熙攘的人流，我真想俯下身去亲亲儿子那光滑的有着细密汗珠的额头，然后舔舔嘴唇，他的汗是咸而微甜的……

但我立刻发现，局势并不像我想象的那么乐观。儿子的身体已转向挂着厚重皮门帘的商场大门，脚却像焊在水磨石地面上，尤其是脖子，顽强地拧向柜台，眼睛在很长的睫毛掩护下，眨也不眨地盯着变形金刚们。

形形色色花花绿绿风采各异身量不等的机器人家族，沉默地用潇洒和傲慢与我的儿子对峙。

我真佩服小孩的骨质柔软。唯有他们同柳枝一般弹性而细嫩的颈椎，才能保持如此不舒适的回眸姿势这样久……

我的心像泡进醋酸中的蛋壳，迅速消融。

不就是一顶帽子和一条围巾吗！我是那个过去了的时代实行"晚婚晚育"的模范，儿子虽才十岁，我已逾不惑。今冬第一阵北风袭来的时候，我感到头皮顶一阵冰凉，这才发现最高处的头发已经稀疏。变白了的头发不但有碍观瞻，而且保暖的功能也差了。我是个巧手的女人，会织毛衣和做菜。我打算给自己织一顶美丽的帽子，为了不显得突兀，还需要一条长长的围巾与之配套。我把这打算同丈夫讲了，他默默地熄灭了手中的烟。当然他不是长期戒烟，从我认识他那天起，我就知道他在别的事情上有毅力，而这件事上绝对不行。吃菜的时候，我们都抢着吃菜而避开肉，这使儿子不但没发现菜内的肉有所减少，反而以为最近的伙食比以前好了。

我可以不要帽子。我有一条旧的方头巾，把它拼命向前戴，就可以护住头顶。生儿子的时候落下的毛病，一受风我的头就像被槌敲击似的疼痛。只是那样子可能不大美观，像一个肃穆的阿拉伯女人或童话中的鸡妈妈。不过，那又有什么呢？我的儿子将会有一件他心爱的玩具了。

我乜了一眼柜台。变形金刚们很贵很贵，一顶帽子和一条围巾，只够买变形金刚的一条腿……

而且，丈夫会说什么呢？他总说我惯着儿子，同阔人家比，要知道，我们是最普通的蓝领。

蓝领的儿子，就不能有变形金刚吗？

　　我几乎要下定决心了。我身上的钱够买一个最小号的金刚。对丈夫，我会编出一个美满的不要帽子的童话。

　　可惜儿子到底是小孩子。就在这希望的曙光已经出现的时刻，他突然把头和身子扭向门，很果决地说："妈妈，咱们快走吧！报纸上说了，变形金刚是外国小孩都不玩的东西，才运到中国来，骗咱们的钱。"

　　他拉着我的手就要走，小手湿漉漉的，眼光像同遗体告别似的，最后瞥了一眼柜台。他的小腿飞快地移动，好像怕变形金刚们会突然生龙活虎地把他拽回去。

　　这话说得太成人气，连我都没想到如此不容抗拒的理由。儿子是品学兼优的三好学生。在这个小小的清澄的灵魂面前，我觉得自己和丈夫都太自私了。我是为了自己，丈夫是为了我。

　　我几乎是一个箭步返回柜台，买了一个最小号的变形金刚。我不怕钱被外国人或港澳同胞赚去，也不怕秃顶头痛和颈椎增生。为了儿子的懂事，为了我和他心中的快乐。

　　那天晚上，儿子忘了吃饭，一直在玩变形金刚。他把小小的黑色手枪别在红色的"威震天"（这是那个金刚的名字）手中，旋转曲折后，机器人就变成了一架尾翼高耸、线体流畅的轰炸机。它的结构确实精巧，美国"孩之宝"的标志，在儿子温热小手的摩挲下，不断地由红色变为蓝色，又在室温下返回红色。

"变形金刚,随时变形状。汽车人为正义而战,为自由而战,意志坚强……"

儿子哼着《变形金刚》的电视主题歌,音色很美。

虽然挨了丈夫几句埋怨,我仍旧觉得自己的决策英明果断。变形金刚虽然昂贵,但这快乐的时光更昂贵。我可不愿儿子长大成为出色的人后,在一篇回忆录或自传中写道:"我小时候很喜欢玩具,因为家境贫寒,只有眼巴巴地看着人家的孩子玩……"

当然,儿子很可能只是一个普通的蓝领,那我也不希望他的童年留下深深的遗憾。孩子的快乐毕竟比较廉价,一个最小号的变形金刚就使他如醉如痴。

"不能因为玩'威震天'影响了学习。"我郑重叮嘱,话语中掺进了少有的威严。

儿子以同样的郑重回答了我。其后几天,我假装无意实则很仔细地翻检了他的作业成绩,还好。儿子是个有克制力的孩子,只有做完作业才摆弄玩具。

真正的冬天到了。

丈夫又延长了他戒烟的时间。我再三解释旧围巾很好,他阴沉沉地说:"你也该买一双棉靴了。"

我做出经他提醒才感觉到脚下发凉的神色,感激地冲他笑笑。

又一天晚上。我突然发现儿子拼装的变形金刚与我们买的那个不一样了，红色变成了黄色，长相也要狰狞许多，最主要的是个头，起码要大上三倍。

"这是什么？"我几乎是严厉地追问。所有的《父母必读》都谆谆告诫，对孩子的某一丝异常都不可掉以轻心。

"这是'大力金刚'。"儿子很镇静地回答，口气亲切得好像大力金刚是我们家的亲戚。

感谢电视里坚持不懈地播映，我也初步具备了金刚家族的常识。大力金刚是另一派金刚们的头领。

我需要了解的当然不是金刚的绰号。而是金刚的主人。"我问你，这是谁的？"语气丝毫没有缓和。

"同学的呀！差不多每个人都买了，大家买的都不一样，互相串着玩，这样我们就能玩好多种汽车人和飞机人了！"儿子坦荡地看着我，完全没有听出我的问话中隐含着对他的猜疑。

我不由得有些内疚，却并不能保证下次就能改正。我对孩子的说谎和盗窃怀有极大的恐惧，不得不提高警惕。

孩子们的交易挺聪明，大概类似原始部落的以物易物。这是个新鲜事物，我不知道该赞成还是该反对。看到儿子兴致勃勃，我只是说："不管是大力金刚还是威震天，都不能影响学习。要爱护别人的玩具。"

儿子听话地点点头。他是个乖孩子。

有人敲门。声音很小，位置很低。

儿子跑去开门。门扇开得很大，儿子是个好客的孩子。来人却把门扇微微合拢，好像他不是想走进而是要离开，然后才从门缝里缓缓挤进一颗胖胖的头。

这是儿子的同学，一个经常来问作业的男孩。名字我记不得，只叫他小胖。

小胖这次并不是为了什么作业来请教儿子。他既不肯进来又舍不得退去，卡在门缝里，满脸困窘地对儿子，眼睛却瞟着我说："真对不起，我把你的变形金刚搞坏了……"

儿子的脸色突然变得苍白，我好像还没见到他受过如此重大的打击。他从小胖手里接过散成一堆零件的威震天，平托在眼前，轻轻地吹着气，好像那是一只受伤的鸽子。

最初的震惊过去后，儿子求救地看着我。

这是一个尴尬的场面。最初的一瞬，我惋惜地想到帽子和围巾。然而，我们还是面对现实吧。

我故意不看儿子，说："威震天是你的，你看怎么办?"

儿子还是默不作声，也许我的在场干扰了他的决定。我转身走进里屋。

静默。我听见小胖喘息的声音越来越粗。我真想跑出去对他说："孩子，你可以走了。"可是，这决定应该由儿子自己做出。

"你是怎么给弄坏的?"儿子的声音充满愤怒。

"就这样……后来就'啪啦'一声……"小胖大概做了一

个手势，我听见儿子喉咙里咕噜了一声，对这个害死威震天的动作恨之入骨。

怎么办呢？也许我该出面。变形金刚固然珍贵，但宽容比这更珍贵，我虽然相信自己平时对儿子的教育，但威震天对于他，相当于成年人的一台彩电、一架高级相机。拖延着的时间，对他对我对小胖都是煎熬。

终于，儿子开口了。他好像走了很远的路，声音中含着一种虚弱，却还清晰。那是很简单的三个字："没关系……"

小胖子"噔噔噔"地跑了，好像怕儿子会改变主意。

我长舒了一口气，好像自己也走了很远的路。我轻轻地吻了一下儿子的额头，他的汗咸而微甜。

"威震天死了。"儿子的眼里含着泪花。

"我试着把它粘起来。"我安慰儿子，自己也没有太大的把握。

我说过自己是个巧手的女人，但这个成为碎片的威震天还是让我煞费苦心。在耗费了比织一顶帽子多得多的心血后，威震天终于栩栩如生了。只是它只能看，不能动。它再也不会变形了。

儿子是个典型的喜新厌旧者，他把全部热情转移到大力金刚身上。变形金刚的生命在于变形，不会变形的金刚只是一件摆设。

儿子飞快地改变着大力金刚的形状，你不得不佩服美国人的机智，飞机的肚子居然能变成人的脑袋，严丝合缝，毫无破绽。

我也忍不住凑过去看。最好的玩具，对大人和孩子同样有魅力。正在这时，"啪啦"一声，高大的大力金刚像被炸药从内部引爆，一下散了摊子，成为一堆碎片。

这是怎么回事？

儿子望着我，我望着他。

事情再明显不过，只是我们都不愿相信。大力金刚被搞坏了。

儿子徒劳地想把碎片镶起来，结果是使破坏更加严重。

我正在思忖如何处理，儿子已经很老练地把碎片收拢在一张纸上，准备出门。

"你到哪儿去？"我问。

"去还给人家，还有道歉。"儿子显出很有韬略的样子，事情安排得详细得当。

"大力金刚是小胖子的吗？"我存着希望问。

"不是。"儿子说了一个同学的名字。

是她家！我的心往下一沉，又飘飘悠悠地上浮到咽喉。

那是一个很娇弱的女孩子。我对女孩倒没什么印象，只觉得她的妈妈是个高傲的女人。她们家境很好，属于丈夫所说阔人的范畴。给柔弱的女孩买如此大而凶恶的机器人玩具，丰衣足食可见一斑。

"你就这样去……行吗?"我迟疑地说,不知问的是孩子,还是我自己。

"还要带什么东西吗?"儿子不解地问。

我看着儿子清澄如水的目光,想说什么,却终于什么也没有说。

"妈妈,那我走了。"儿子一溜小跑而去。

"快去快回。"我不安地叮嘱。

没有回答。儿子已经跑远了,不过我相信他一定不会耽搁。

等啊等啊……许久许久……儿子还没有回来。

我的心像被鱼钩钩住后急于挣脱的鱼,左蹿右跳,激起巨大的涟漪。

为什么我不再多叮咛他两句!世上什么样的人都有,你能原谅别人,别人却并不一定能原谅你。假如真的出现了某种不快,儿子多少会有个精神准备。不然,当责备像暴风雨一样袭来的时候,他会惊愕地瞪大了那双纯洁的眼睛,任由眼泪像自来水一样将它贮满……

不……还是不要预先讲得好!也许一切都很正常,也许什么意外都不曾发生。好客的同学挽留儿子多坐一会儿,女孩的妈妈还给儿子剥开一个橘子,儿子很有礼貌地推让着……我的儿子是个讨人喜欢的男孩,人家一定会谅解他的,就像我们曾经谅解了小胖一样……

对！一定是这么回事，只能是这么回事！我庆幸自己没有用预想中的乌云，遮蔽孩子内心那片晴朗的天空。

尽管我不断说服自己，随着时间的推移，内心还是越发忐忑不安。

终于，儿子回来了。他走路的步伐是那样轻，直到眼前，我才从沉思中蓦然惊醒。

我看了他一眼。只这一眼，就足够了。过去的这段时间使儿子发生了巨大变化，虽然表面看起来，只是他哭过了，流了许多泪，为了怕我发现，又站在冷地里等着风将泪水吹干。孩子的掩盖暴露了更多的东西。

我没有勇气问儿子详细的过程。重复那经过，无论对儿子还是对我，都是一种残忍。

"妈妈，人家要我们……赔……"大滴大滴的泪水从儿子脸上滚落下来，我用手去接，因为刚从外面回来，那泪水很凉。

我想用母亲温馨的心捻成毛线，为儿子织一间温暖的小屋，可惜我不是整个世界。

也许我应该事先告诉儿子……但如果说那恐怖的前景，而一切又没有发生，我岂不是玷污了一颗纯真的心！只要还有一丝可能，我也愿维持这种真诚直到最后。

现在，我们面临的是另一个问题——成为碎片的大力金刚，还有儿子那颗有折痕的心。

"既然损坏了东西，人家要求赔偿，当然是应该的。"我拭干儿子的泪水。

"那我去找小胖，叫他先赔我的威震天，人家说了一个'对不起'就值那么多钱啊？以后上商店买东西，甭带钱包，先说'对不起'就行了！"儿子从地上弹射而起。

"你不能去！"我拉住他。儿子在我手下不驯地挣扎着，十岁的男孩已经有了小牛犊一样的蛮劲。

"为什么？妈妈！"儿子半仰着脸，像问天一样问我。

我不能回答。这世界上有许多像花布一样美丽的道理，却做不成衣服。

我却必须回答：一只母猫还要教会小猫如何捕鼠。我就是再为难，也得给儿子一个大致囫囵的道理。

"'对不起'是一种礼貌，它是不能用金钱来计算的。"

儿子顺从地点点头。这话大概同学校的师长们所讲的差不多，他还勉强听得进去。

"小胖弄坏了威震天，你原谅了他，他很轻松，这是一件好事。"我做出循循善诱的样子，准备把儿子领进我的埋伏圈。

"可是人家不原谅我……妈妈！"儿子抗争着。他受到的羞辱比我苍白的说教要有力得多。

"是的，儿子。每一件事都可以有好几种处理方法。喏，就像这些变形金刚，可以变机器人，也可以变飞机和汽车……懂了吗？"

"懂……了。"儿子迟疑地点了点头,但我知道他不服,又不愿惹我伤心。

我把一直拉着儿子的手松开了。我很累,这世界上谁也代替不了谁。

儿子不再挣扎,孤零零地站在一边。

最大号的大力金刚,代表一个令人咋舌的数字。尽管我们还不用变卖家产,尽管街上也没有当铺,我还是有一种破产的感觉。

我和儿子揣着共同的秘密,迎回了家里最主要的男人。儿子可怜巴巴地看着我,希望我别说,又希望我快说。

我不想说又不得不说,想晚说又想干脆早说,人有时飞快地迎着一个东西跑过去,其实是为了躲开它。

丈夫听完后,居然在很长一段时间内保持镇静。然而这镇静像糖衣一样,包裹着的是苦涩的雷霆。

"说!你是怎么把这玩意儿给弄坏的?"丈夫拒绝叫那堆碎片为变形金刚。

"就这么一下……'啪啦'一下……就……"儿子看着我,语无伦次,希望我能为他做证。是的,当时我在场,可我也说不清,没有预谋的事情都说不清。

其实这个过程说清说不清又有什么关系呢?要紧的是它坏了。儿子以后再也不会去玩这种借来的宝贵玩具了。

丈夫眉头紧皱,眼里射出凶狠的光。儿子往我身后躲。

"你说你是成心的，还是故意的？"丈夫气急败坏，"说——"

我不知道成心和故意有什么不同，也不敢劝他。

"是成心的……不，爸爸，我是故意的……"在父亲的虎视眈眈下，儿子来不及思索，急切地选择着他认为较好的动机。

"好你个小败家子！你爹干一个月，也挣不回这么个玩意儿，你倒好，充什么少爷坯子！我让你记住喽——"

丈夫抡圆了胳膊，呼地拍了过来。我用手臂架住，只觉得半边身子一震，触电般地直麻到中指尖。

他是干壮工的，出手极重。幸好我站的位置好，来得及阻拦。

儿子惊恐地愣了刹那才哇地痛哭起来，好像挨打的不是我而是他。

"你还有脸哭！"丈夫气得呼呼吐气，"为了那个小玩意儿，你妈就没钱买线织帽子，这回再加上个大家伙，咱一家连过冬的煤和大白菜都没着落了！"他又转过脸对我："都是你惯的！"

我由着丈夫数落，只要他再不动手就成，从小到大，儿子没挨过打。

那是冬天里极冷的一日，从太阳里散发出来的不是热，而是冷风。我走进炉火不断的家中，儿子脸热得通红，眼睛也亮闪闪地好像深潭中的星。我以为他发烧了。

"妈妈，你闭上眼睛。"儿子一说话，我就知道他没病。病孩子是不会有这么动听的嗓音的。

我闭上眼睛，心中像煮开的牛奶，不见波浪地荡漾。儿子将有一个小小的快乐送给我：

也许是张一百分的卷子，也许是个纸盒小瓶做成的手工。

"好了。妈妈，你可以睁开眼睛了！"

我还是闭着眼睛，迟迟不愿睁开。这是一种母亲特有的幸福。

"妈妈，你快点嘛！"儿子催促。

再耽搁下去，儿子该着急了，我赶紧睁开眼。眼前一片稀薄的淡绿，仿佛置身初春的草地，过了一会儿才看清，儿子捧着一团绒绒的绿线。

这是我最喜欢的颜色。

"妈，你喜欢这颜色吗？"儿子眼巴巴地瞅着我。

"喜欢，太喜欢了。你怎么知道妈妈喜欢？"儿子已经大了，我对他讲话时提到自己，还是不习惯用"我"，而是依然用"妈妈"这个太奶里奶气的称呼。

"妈妈忘了？从小到现在，您给我织的毛衣毛裤都是这种绿色。我能从一千种颜色中找出这种绿色。"儿子怪我提了一个太简单的问题。

对某种颜色的喜爱也许就是这样一代代流传下来，像一个美丽的故事或一支古老的歌。

"是爸爸带你去买的？"我真心地感激丈夫，他是那种外粗内柔的男人。

"是我自己去买的！"儿子颇有点自豪。

"你哪里来的钱？"我惊讶地问。

儿子不语，眼睛却直勾勾地瞪着我。

这孩子不会去偷吧？我脑中一闪过这念头，立即觉得是对儿子的亵渎。那一定是他捡废纸卖牙膏皮换来的钱！可儿子近来并没有满手乌黑或回家很晚……不行，得问清楚。

我把毛线一股脑儿丢在床上，有几股缠绕在一起，这是很难解开的，也顾不上了。

"说，哪儿来的？"我抱着最后的希望，求儿子给我一个合理的解释。

"我找小胖要的。"儿子极清楚、极明白地回答我。

"找谁？"我已经听得很清楚了，可我还要问。我不相信，一向那么恭顺的儿子竟敢如此不听话！

"找小胖。"儿子的口气中竟没有丝毫怯懦，勇敢地迎着我的目光。

我的头立刻像蜂巢一样嗡嗡作响，所有的含辛茹苦、所有的谆谆教导、所有的设计、所有的希望，都被这孩子的目光击得粉碎。

"你是怎么去要回来的？"我虚弱地问。

"就像别人跟咱们那样要回来的。"儿子似乎觉得我问得多余。

我的手慢慢地举起来。儿子以为我要抚摸他的头，便亲昵地倚靠过来。我猛地将手击在他的头上。在最后的一瞬，我想起杂志上说过不要打孩子的头的教诲，然而已经来不及了，只容得稍微一偏，劈在他的脖子上。

儿子的头骨还软，然而不像他极小时候那种柔软的乒乓球皮的感觉，而似一个充气很足而略有弹性的足球了。

我的手被有力地反弹回来。儿子没有躲避，他痴痴呆呆地望着我，仿佛不知道自己哪里做错了。

这是我第一次如此凶狠地打儿子，但我敢肯定，这不是最后一次。

儿子的泪和我的泪，交替地洒到绿毛线上。毛线因此变得浓淡不均，用它织出的帽子和围巾一定是很别致的。

以后，每当门扇被风吹开又被风缓缓合上的时候，我都以为会有一个胖胖的圆头圆脑的小家伙出现。

小胖再也没有来。他还了钱，也不要那个破碎的变形金刚了。

那个巨大的大力金刚被我用胶粘好了。高高大大威威武武，给我家平添了一股富贵奢侈之气。

现在，我们家有两个变形金刚了，可惜都不会变形。

儿子也从不去动它们。

哲 思

我知道的狼

"仅次于人的聪明的动物，是狼。北方的狼。南方的狼什么样，我不知道。不知道的事咱不瞎说，我只知道北方的狼。"

一位老猎人，在大兴安岭蜂蜜般黏稠的篝火旁，对我说。猎人是个渐趋消亡的职业，他不再打猎，成了护林员。

我说："不对。是大猩猩。大猩猩有表情，会使用简单的工具，甚至能在互联网上用特殊的词汇与人交谈。"

"我没见过大猩猩，也不知道互联网是什么东西。我只见过狼。沙漠和森林交界地方的狼，最聪明。那是我年轻的时候啦……"老猎人舒展胸膛，好像恢复了当年的神勇。

"狼带着小狼过河，怎么办呢？要是只有一只小狼，它会把它叼在嘴里。若有好几只，它不放心一只只带过去，怕它在河里游的时候，留在岸边的子女会出什么事。于是狼就咬死一只动物，把那动物的胃吹足了气，再用牙齿牢牢紧住蒂处，让它胀鼓鼓的好似一只皮筏。它把所有的小狼背负在身上，借着那救生圈的浮力，全家过河。

　　"有一次，我追捕一只带着两只小崽的母狼。它跑得不快，因为小狼脚力不健。我和狼的距离渐渐缩短，狼妈妈转头向一座巨大的沙丘爬去。我很吃惊。通常狼在危急时，会在草木茂盛处兜圈子，借复杂地形，伺机脱逃。如果爬向沙坡，狼虽然爬得快，好像比人占便宜，但人一旦爬上坡顶，就一览无余，狼就再也跑不了了。

　　"这是一只奇怪的狼，也许它昏了头。我这样想着，一步一滑爬上了高高的沙丘。果然看得很清楚，狼在飞快逃向远方。我下坡去追，突然发现小狼不见了。当时顾不得多想，拼命追下去。那是我生平见过的跑得最快的一只狼，不知它从哪来那么大的力气，像贴着地皮的一支黑箭。追到太阳下山，才将它击毙，累得我几乎吐了血。

　　"我把狼皮剥下来，挑在枪尖上往回走，一边走一边想，真是一只不可思议的狼，它为什么如此犯忌呢？那两只小狼到哪里去了呢？已经快走回家了，我决定再回到那个沙丘看看。快半夜才到，天气冷极了，惨白的月光下，沙丘好似一座银子筑成的坟，毫无动静。我想真是多此一举，那不过是一只傻狼罢了。正打算走，突然看到一个隐蔽的凹陷处，像白色的烛火一样，悠悠地升起两道青烟。

　　"我跑过去，看到一大堆干骆驼粪，白气正从其中冒出来。我轻轻扒开，看到白天失了踪的两只小狼，正在温暖的驼粪下均匀地喘着气，做着离开妈妈后的第一个好梦。地上有狼尾巴轻轻扫过的痕迹，活儿干得很巧妙，在白天居然瞒过了我这个老猎人的眼光。

"那只母狼，为了保护它的幼崽，先是用爬坡延迟了我的速度，赢得了掩藏儿女的时间。又从容地用自己的尾巴抹平痕迹，并用全力向相反的方向奔跑，以一死换回孩子的生。

"熟睡的狼崽鼻子喷出的热气，在夜空中凝成弯曲的白线，渐渐升高……"

"狼多么聪明！人把狼训练得蠢起来，就变成了狗。单个的狗对打不过单个的狼，这就是我想告诉你的。"老猎人望着篝火的灰烬说。

后来，我果然在资料上看到，狗的脑容量小于狼。通过训练，让某一动物变蠢，以供人役使，真是一大发明啊。

爱怕什么？

爱挺娇气挺笨挺糊涂的，有很多怕的东西。

爱怕撒谎。当我们不爱的时候，假装爱，是一件痛苦而倒霉的事情。假如别人识破，我们就成了虚伪的坏蛋。你骗了别人的钱，可以退赔，你骗了别人的爱，就成了无赦的罪人。假如别人不曾识破，那就更惨。除非你已良心丧尽，否则便要承诺爱的假象，那心灵深处的绞杀，永无宁日。

爱怕沉默。太多的人，以为爱到深处是无言。其实，爱是很难描述的一种情感，需要详尽的表达和传递。爱需要行动，但爱绝不仅仅是行动，或者说语言和温情的流露，也是行动不可或缺的部分。我曾经和朋友们做过一个测验，让一个人心中充满一种独特的感觉，然后用表情和手势做出来，让其他不知底细的人猜测他的内心活动。出谜和解谜的人都欣然答应，自以为百无一失。结果，能正确解码的人少得可怜。当你自觉满脸爱意的时候，他人误读的结论千奇百怪。比如认为那是——矜持、发呆、忧郁……

一位妈妈，胸有成竹地低下头，做出一个表情。我和另一位女士愣愣地看着她，相互对视了一下，异口同声地说：你要自杀！她愤怒地瞪着我们说，岂有此理！你们怎么那么笨?!我此刻心头正充盈温情！愚笨的我俩挺惭愧的，但没等我们道歉的话说出口，那妈妈恍然大悟道：原来是这样！怪不得我每次这样看着儿子的时候，他会不安地说：妈妈，我又做错了什么？你又在发什么愁？

爱是那样的需要表达，就像耗竭太快的电器，每日都得充电。重复而新鲜地描述爱意吧，它是一种勇敢和智慧的艺术。

爱怕犹豫。爱是羞怯和机灵的，一不留神它就吃了鱼饵闪去。爱的初起往往是柔弱无骨的碰撞和翩若惊鸿的引力。在爱的极早期，就敏锐地识别自己的真爱，是一种能力更是一种果敢。爱一桩事业，就奋不顾身地投入。爱一个人，就斩钉截铁地追求。爱一个民族，就挫骨扬灰地献身。爱一桩事业，就呕心沥血。爱一种信仰，就至死不悔。

爱怕模棱两可。要么爱这一个，要么爱那一个，遵循一种"全或无"的铁则。爱，就铺天盖地，不遗下一个角落。不爱就抽刀断水，金盆洗手。迟疑延宕是对他人和自己的不负责任。

爱怕沙上建塔。那样的爱，无论多么玲珑剔透，潮起潮落，遗下的只是无珠的蚌壳和断根的水草。

爱怕无源之水。沙漠里的河啊，即便不是海市蜃楼，波光粼粼又能坚持几天？当沙暴袭来的时候，最先干涸的正是泪水积聚的咸水湖。

爱怕假冒伪劣。真的爱也许不那么外表光滑，色彩艳丽，没有精致的包装，没有夸口的广告，但是它有内在的质量保证。真爱并非不会发生短路与损伤，但是它有保修单，那是两颗心的承诺，写在天地间。

爱是一个有机整体，怕分割。好似钢化玻璃，据说坦克轧上也不会碎，可惜它的弱点是宁折不弯，脆不可裁。一旦破碎，就裂成了无数蚕豆大的渣滓，流淌一地，闪着凄楚的冷光，再也无法复原。

爱的脚力不健，怕远。距离会漂淡彼此相思的颜色，假如有可能，就靠得近一点，再近一点，直到水乳交融、亲密无间。万万不要人为地以分离考验它的强度，那你也许后悔莫及。尽量地创造并肩携手、天人合一的时光。

爱像仙人掌类的花朵，怕转瞬即逝。爱可以不朝朝暮暮，爱可以不卿卿我我，但爱要铁杵磨针，恒远久长。

爱怕平分秋色。在爱的钢丝上不能学高空王子，不宜做危险动作。即使你摇摇晃晃，一时不曾跌落，也是偶然性在救你，任何一阵旋风，都可能使你飘然坠毁。最明智最保险的是赶快从高空回到平地，在泥土上留下深深的脚印。

爱怕刻意求工。爱可以披头散发，爱可以荆钗布裙，爱可以粗茶淡饭，爱可以风餐露宿。只要一腔真爱，爱就有了依傍。

爱的时候，眼珠近视散光，只爱看江山如画。耳是聋的，只爱听莺歌燕舞。爱让人片面，爱让人轻信。爱让人智商下降，爱让人一厢情愿。爱最怕的，是腐败。爱需要天天注入激情的活力，但又如深潭，波澜不惊。

说了爱的这许多毛病，爱岂不一无是处？

爱是世上最坚固的记忆金属，高温下不融化，冰冻不脆裂。造一艘爱的航天飞机，你就可以驾驶着它，遨游九天。

爱是比天空和海洋更博大的宇宙，在那个独特的穹宇中，有着亿万颗爱的星斗，闪烁光芒。一粒小行星划下，就是爱的雨丝，缀起满天清光。

爱是神奇的化学试剂，能让苦难变得香甜，能让一分钟驻成永远，能让平凡的容颜貌若天仙，能让喃喃细语压过雷鸣电闪。

爱是孕育万物的草原。在这里，能生长出能力、勇气、智慧、才干、友谊、关怀……所有人间的美德和属于大自然的美丽天分，爱都会赠予你。

在生和死之间，是孤独的人生旅程。保有一份真爱，就是照耀人生得以温暖的灯。

素面朝天

素面朝天。

我在白纸上郑重写下这个题目。夫走过来说，你是要将一碗白皮面，对着天空吗？

我说有一位虢国夫人，就是杨贵妃的姐姐，她自恃美丽，见了唐明皇也不化妆，所以叫……

夫笑了，说，我知道。可是你并不美丽。

是的，我不美丽。但素面朝天并不是美丽女人的专利，而是所有女人都可以选择的一种生存方式。

看着我们周围，每一棵树、每一叶草、每一朵花，都不化妆，面对骄阳、面对暴雨、面对风雪，它们都本色而自然。它们会衰老和凋零，但衰老和凋零也是一种真实。作为万物灵长的人类，为何要将自己隐藏在脂粉和油彩的后面？

见一位化过妆的女友洗面，红的水黑的水蜿蜒而下，仿佛洪水冲刷过水土流失的山峦。那个真实的她，像在蛋壳里窒息得过久的鸡雏，渐渐苏醒过来。我觉得这个眉目清晰的女人，才是我真正的朋友。片刻前被颜色包裹的那个形象，是一个虚伪的陌生人。

脸，是我们与生俱来的证件。我的父母，凭着它辨认出一脉血缘的延续；我的丈夫，凭着它在茫茫人海中将我找寻；我的儿子，凭着它第一次铭记住了自己的母亲……每张验，都是一本生命的图谱。连脸都不愿公开的人，便像捏着一份涂改过的证件，有了太多的秘密。所有的秘密都是有重量的，背着化过妆的脸走路的女人，便多了劳累、多了忧虑。

化妆可以使人年轻，无数广告喋喋不休地告诫我们。我认识的一位女郎，盛妆出行，艳丽得如同一组霓虹灯。一次半夜里我为她传一个电话，门开的一瞬间，我惊愕不止。惨亮的灯光下，她枯黄憔悴如同一册古老的线装书。"我不能不化妆。"她后来告诉我，"化妆如同吸烟，是有瘾的，我已经没有勇气面对不化妆的我。化妆最先是为了欺人，之后就成了自欺。我真美慕你啊！"从此我对她充满同情。

我们都会衰老。我镇定地注视着我的年纪，犹如眺望远方一幅渐渐逼近的白帆。为什么要掩饰这个现实呢？掩饰不单是徒劳，首先是一种软弱。自信并不与年龄成反比，就像自信并不与美丽成正比，勇气不是储存在脸庞里，而是掌握在自己手中。化妆品不过是一些高分子的化合物、一些水果的汁液和一些动物的油脂，它们同人类的自信与果敢实在是不相干的东西。犹如大厦需要钢筋铁骨来支撑，而绝非几根华而不实的竹竿。

　　常常觉得化了妆的女人犯了买椟还珠的错误。请看我的眼睛！浓墨勾勒的眼线在说，但栅栏似的假睫毛圈住的眼波，却暗淡犹疑。请注意我的口唇！樱桃红的唇膏在呼吁，但轮廓鲜明的唇内吐出的话语，却肤浅苍白……化妆以醒目的色彩强调以至强迫人们注意的部位，却往往是最软弱的所在。

　　磨砺内心比油饰外表要难得多，犹如水晶与玻璃的区别。

　　不拥有美丽的女人，并非也不拥有自信。美丽是一种天赋，自信却像树苗一样，可以播种可以培植可以蔚然成林可以直到地老天荒。

　　我相信不化妆的微笑更纯洁而美好，我相信不化妆的目光更坦率而真诚，我相信不化妆的女人更有勇气直面人生。

　　假若不是为了工作，假若不是出于礼仪，我这一生，将永不化妆。

我很重要

当我说出"我很重要"这句话的时候，颈项后面掠过一阵战栗。我知道这是把自己的额头裸露在弓箭之下了，心灵极容易被别人的批判洞伤。

许多年来，没有人敢在光天化日之下表示自己"很重要"。我们从小受到的教育都是——"我不重要"。

作为一名普通士兵，与辉煌的胜利相比，我不重要。

作为一个单薄的个体，与浑厚的集体相比，我不重要。

作为一位奉献型的女性，与整个家庭相比，我不重要。

作为随处可见的人的一分子，与宝贵的物质相比，我们不重要。

当我在国外的一份刊物上看到"一个人的价值胜于整个世界"的口号时，曾大惑不解。

我们简明扼要地说，就是每一个单独的"我"——到底重要还是不重要？

我是由无数星辰日月草木山川的精华汇聚而成的。只要计算一下我们一生吃进去多少谷物，饮下了多少清水，才凝聚成一具美轮美奂的躯体，我们一定会为那数字的庞大而惊讶。平日里，我们尚要珍惜一粒米、一叶菜，难道可以对亿万粒菽粟亿万滴甘露濡养出的万物之灵，掉以丝毫的轻心吗？

当我在博物馆里看到北京猿人窄小的额和前凸的嘴时，我为人类原始时期的粗糙而黯然。他们精心打制出的石器，用今天的目光看来不过是极简单的玩具。如今很幼小的孩童，就能熟练地操纵语言，我们才意识到已经在进化之路上前进了多远。我们的头颅就是一部历史，无数祖先进步的痕迹储存于脑海深处。我们是一株亿万年苍老树干上最新萌发的绿叶，不单属于自身，更属于土地。人类的精神之火，是连绵不断的链条，作为精致的一环，我们否认了自身的重要，就是推卸了一种神圣的承诺。

回溯我们诞生的过程，两组生命基因的嵌合，更是充满了人所不能把握的偶然性。我们每一个个体，都是机遇的产物。

常常遥想，如果是另一个男人和另一个女人，就绝不会有今天的我……

即使是这一个男人和这一个女人，如果换了一个时辰相爱，也不会有此刻的我……

即使是这一个男人和这一个女人在这一个时辰，由于一片小小落叶或是清脆鸟啼的打搅，依然可能不会有如此的我……

一种令人怅然以致走入恐惧的想象，像雾霭一般不可避免地缓缓升起，模糊了我们的来路和去处，令人不得不断然打住思绪。

我们的生命，端坐于概率垒就的金字塔的顶端。面对大自然的鬼斧神工，我们还有权利和资格说我不重要吗？

对于我们的父母，我们永远是不可重复的孤本。无论他们有多少儿女，我们都是独特的一个。

假如我不存在了，他们就空留一份慈爱，在风中蛛丝般无法附丽地飘荡。

假如我生了病，他们的心就会皱缩成石块，无数次向上苍祈祷我的康复，甚至愿灾痛以十倍的烈度降临于他们自身，以换取我的平安。

我的每一滴成功，都如同经过放大镜，进入他们的瞳孔，摄入他们心底。

假如我们先他们而去，他们的白发会从日出垂到日暮，他们的泪水会使太平洋为之涨潮。

面对这无法承载的亲情，我们还敢说我不重要吗？

我们的记忆，同自己的伴侣紧密地缠绕在一处，像两种混淆于一碟的颜色，已无法分开。你原先是黄，我原先是蓝，我们共同的颜色是绿，绿得生机勃勃，绿得苍翠欲滴。失去了妻子的男人，胸口就缺少了生死攸关的肋骨，心房裸露着，随着每一阵轻风滴血。失去了丈夫的女人，就是齐整整折断的琴弦，每一根都在雨夜长久地自鸣……

面对相濡以沫的同道，我们忍心说我不重要吗？

俯对我们的孩童，我们是至高至尊的唯一。我们是他们最初的宇宙，我们是深不可测的海洋。假如我们隐去，孩子就永失淳厚无双的血缘之爱，天倾东南，地陷西北，万劫不复。盘子破裂可以粘起，童年碎了，永不复原。伤口流血了，没有母亲的手为他包扎；面临抉择，没有父亲的智慧为他谋略……面对后代，我们有胆量说我不重要吗？

与朋友相处，多年的相知，使我们仅凭一个微蹙的眉尖、一次睫毛的抖动，就可以明了对方的心情。假如我不在了，就像计算机丢失了一份不曾复制的文件，她的记忆库里留下不可填补的黑洞。夜深人静时，手指在揿了几个电话键码后，骤然停住，那一串数字再也用不着默诵了。逢年过节时，她写下一沓沓的贺卡。轮到我的地址时，她闭上眼睛……许久之后，她将一张没有地址只有姓名的贺卡填好，在无人的风口将它焚化。

相交多年的密友，就如同沙漠中的古陶。摔碎一件就少一件，再也找不到一模一样的成品。面对这般友情，我们还好意思说我不重要吗？

我很重要。

我对于我的工作我的事业，是不可或缺的主宰。我的别出心裁的创意，像鸽群一般在天空翱翔，只有我才捉得住它们的羽毛。我的设想像珍珠一般散落在海滩上，等待着我把它用金线串起。我的意志向前延伸，直到地平线消失的远方……

没有人能替代我，就像我不能替代别人。

我很重要。

我对自己小声说。我还不习惯嘹亮地宣布这一主张，我们在不重要中生活得太久了。

我很重要。

我重复了一遍，声音放大了一点。我听到自己的心脏在这种呼唤中猛烈地跳动。

我很重要。

我终于大声地对世界这样宣布。片刻之后，我听到山岳和江海传来回声。

是的，我很重要。我们每一个人都应该有勇气这样说。我们的地位可能很卑微，我们的身份可能很渺小，但这丝毫不意味着我们不重要。

重要并不是伟大的同义词，它是心灵对生命的允诺。

对于一株新生的树苗，每一片叶子都很重要。对于一个孕育中的胚胎，每一段染色体碎片都很重要。甚至驰骋寰宇的航天飞机，也可以因为一个密封橡皮圈的疏漏而凌空爆炸——你能说它不重要吗？

人们常常从成就事业的角度，断定我们是否重要。但我要说，只要我们在时刻努力着，为光明在奋斗着，我们就是在无比重要地生活着。

让我们昂起头，对着我们这颗美丽的星球上无数的生灵，响亮地宣布——

我很重要。

保持惊奇

惊奇，是天性的一种流露。

生命的第一瞬就是惊奇。我们周围的世界，为什么由黑暗变得明朗？周围为什么由水变成了气？温度为什么由温暖变得清凉？外界的声音为何如此响亮？那个不断俯视我们亲吻我们的女人是谁？

从此我们在惊奇中成长。

这个世界上，有多少值得惊奇的事情啊。苹果为什么落地，流星为什么下雨，人为什么兵戎相见，史为什么世代更迭……

孩子大睁着纯洁的双眼，面对着未知的世界，不断地惊奇着，探索着，在惊奇中渐渐长大。

惊奇是幼稚的特权，惊奇是一张白纸。

但人是不可以总是惊奇着的。在生命的某一个时辰，你突然因为你的惊奇，遭逢尴尬与嘲笑。你惊奇地发现——惊奇在更多的时候，是稚弱的表现，是少见多怪的代名词，是一种原始蛮荒的状态。

对于我们这个崇尚见怪不怪其怪自败尊重老练成熟的民族心理，惊奇是如胎发一般的标志。

你想成功吗？你首先须成功地把自己的惊奇掩盖起来。

我们的辞典里，印着许多诸如"处变不惊""荣辱不惊"的词汇，使"不惊"镀着大将风度的金辉，而"惊"则屈于永久的贬义。

翻那辞典，后面更有了"惊慌失措""大惊失色""惊恐万分"的形容，"惊"堕落着，简直就是怯懦、退缩、畏葸的同义语了。

于是人们开始厌恶惊奇。你想做大事吗？一个必备的基本功，就是训练自己丧失惊奇。

你看到爱情远不是传说中那般纯洁，你不要惊奇。

你看到生活远没有书本上描写的那么美好，你不要惊奇。

你看到友谊根本不是故事中那般忠诚，你不要惊奇。

你看到日子绝不如想象中那般绚烂，你不要惊奇……

如果你惊奇了，你就违反了一条透明的规则，会遭到别人阳光下或是暗影里的嘲笑：这个孩子还嫩着呢。

你在一次次碰壁后省悟到：即使你对这个世界还一知半解，你还搞不清问题的全部，但有一点你现在就能做到——那就是——埋葬你的惊奇。

你看到丑恶，假装没有看到，依旧面不改色谈笑风生，人们就会送你人情练达的评价。你听到秒闻，仿佛在那一刻患了突发性的耳聋，脸上毫无表情，人们会感觉你老于世故可以信赖。你被美丽美好美妙的景色感动，只可以默默地藏在心底，脸上切不可露出少见多怪的惊异，人们就会以为你少年老成，有大谋略大气魄，是可做将帅的优良材料。你碰到可歌可泣的人间至情，要把心肠练得硬如钻石，脸不变色心不跳。就算真搅得肝肠寸断，只可夜晚躲在无人处暗自咀嚼，切不可叫人觑了去，落得个柔情寡断的罪名……

现代社会是一只飞速旋转的风火轮，把无数信息强行灌输给我们。见多不怪，我们的心灵渐渐在震颤中麻痹，更不消说有意识地掩饰我们的惊讶，会更猛烈地加速心灵粗糙。在纷繁的灯红酒绿和人为的打磨中，我们必将极快地丧失掉惊奇的本能。

于是我们看到太多矜持的面孔。我们遭遇无数微笑后面的冷淡。我们把惊奇视作一种性格缺憾，我们以为永不惊讶才是人生的至高境界。

细细分析起来，"惊奇"是由两部分组成的，先有了"惊"，其次才是"奇"。如果说"惊"属于一种对陌生事物认识局限的愕然，"奇"则是对未知事物积极探讨的萌芽了。

否认了"惊"，就扼杀了它的同胞兄弟。我们将在无意之中，失去众多丰富自己的机遇。

假如牛顿不惊奇，他也许就把那个包裹着真理的金苹果，吃到自己的小肚子里面了。人类与伟大的万有引力相逢，也许还要迟滞很多年。

假如瓦特不惊奇，水壶盖噗噗响着，一个划时代的发现，就蒸发到厨房的空气中了。我们的蒸汽火车头，也许还要在牛车漫长的辙道里蹒跚亿万公里。

即使对普通人来说，掩盖惊奇，也易闹笑话。一位乡下朋友，第一次住进城里的宾馆。面对盥洗室里那些式样别致的洁具，他想不通人洗一个脸，何至于要如此麻烦。他不会使用这些物件，本来请教一下服务小姐，也就迎刃而解了。可是他不想暴露自己的惊奇，就用地上一个雪白的盛着半盆水的瓷器，洗了脸。后来他才知道，那是马桶。

这当然是一个极端的例子了。我之所以把它写在这里，绝无幸灾乐祸之意。现代社会令人眼花缭乱，每个人在某种意义上说，都是孤陋寡闻的。你在你的行业里是专家里手，在其他领域，完全可能是白痴。这不是羞愧的事情，坦率地流露惊奇，表示自己对这一方面的无知以及求知的探索，是一种可嘉的勇气。

我认识一位老人，一天兴致勃勃地同我探讨电脑的种种输入方法。他整整八十二岁了，肾脏功能已经衰竭，我坚信他这一辈子也不可能在电脑键盘上敲出一个字。他在自己的专业范畴里，是一位德高望重的长者，但对电脑的理解多有谬误，就连我这个二把刀也听出了许多破绽。但是老人家充满探索之光的惊奇的眼神，却在这一瞬像探照灯一样扫过我的灵魂。面对他青筋暴突微微颤抖的手，我想，不知我这一生可否活得这样高寿？不论我生命的历程有多长，我一定要记得这目光炯炯的惊奇，学习他对世界的这份挚爱。绝不仅仅沉浸在熟悉的航道，始终保持对辽阔海域的探索，直到我最后一次呼吸。

惊奇是一种天然，而不是制造出来的。它是真情实感的火花。一块滚圆的鹅卵石，便不会再惊讶江河的波涛，惊奇蕴含着奋进的活力。

惊奇不仅仅是幼稚，惊奇不仅仅是无知，惊奇是在它们基础上的深化和挺进。

你既然惊奇了，你就要探索这奥妙。你既然惊奇了，你就不能仅仅止于惊奇。爱好惊奇的人，也须将惊奇转化为平凡。消灭惊奇的过程，也就是学习的过程，惊奇在熟悉中淡化，才敢在惊奇中成长。

世界是没有止境的，惊奇也是没有止境的。惊奇是流动的水，它使我们的思想翻滚着，散发着清新，抗拒着腐烂。

在城市里待得久了，常常使我们丧失惊奇的本能。我们鳝一样滑行着，浑身粘满市侩的黏液。

到自然中去，造化永远给我们以大惊喜。和寥廓的宇宙相比，个人的得失是怎样的微不足道啊。不要小看山水的洗涤，假如真正同天地对一次话，我们定会惊奇自己重新获得活力。

如果无法到自然中去，就同与自己没有利害关系的从小的朋友，做一次促膝的谈心。利害关系这件事，实在是交友的大敌。我不相信有永久的利益，我更珍视患难与共的友谊。长留史册的，不是锱铢必较的利益，而是肝胆相照的情分。和朋友坦诚的交往，会使我们留存着对真情的敏感，会使我们的眼睛抹去云翳，心境重新开朗，惊奇就在这清明的心境中，翩翩来临了。

假如既没有自然可以依傍，又没有朋友可以信赖，真是人生的大憾事。只有在静夜中同自己对话，回忆那些经历中最美好的片段，温习曾经使心灵震撼的镜头。它也许是很小的一朵旷野花，也许是冬天的一盏红灯笼，也许是苍茫的大漠暮色，也许是雄浑激荡的乐曲……总之，那是独属于你的一份秘密，只有你才知道它对于你的惊奇的意义。古语说：学而时习之，不亦说乎。复习以往我们情感中最精彩的片段，常常会使我们整旧如新。

保持惊奇，我常常这样对自己说。它是一眼永不干涸的温泉，会有汩汩的对于世界的热爱，蒸腾而起，滋润着我们的心灵。

风不能把阳光打败

"但是"这个连词，好似把皮坎肩缀在一起的丝线，多用在一句话的后半截，表示转折。

比方说：你这次的考试成绩不错，但是——强中自有强中手。

比方说：这女孩身材不错，但是——皮肤黑了些。

不知"但是"这个词刚发明的时候，对它前后意思的分量，是否大致公允？也就是说，它只是一个单纯纽带，并不偏谁向谁。后来在长期的使用磨损中，悄悄变了。无论在它之前，堆积了多少褒词，"但是"一出，便像洒了盐酸的污垢，优点就冒着泡沫没了踪影。记住的总是贬义，好似爬上高坡，没来得及喘口匀气，"但是"就不由分说把你推下了谷底。

"但是"成了把人心捆成炸药包的细麻绳，成了马上有冷水泼面的前奏曲。让你把面前的温暖和光明淡忘，只有振起精神，迎击扑面而来的顿挫。

其实，所有的光明都有暗影，"但是"的本意，不过是强调事物立体。可惜日积月累的负面暗示，"但是"这个预报一出，就抹去了喜色，忽略了成绩，轻慢了进步，贬斥了攀升。

一位心理学家主张大家从此废弃"但是"，改用"同时"。

比如我们形容天气的时候，早先说：今天的太阳很好，但是风很大。

今后说：今天的太阳很好，同时风很大。

最初看这两句话的时候，好像没有多大差别。你不要急，轻声地多念几遍，那分量和语气的韵味，就体会出来了。

但是风很大——会把人的注意力凝固在不利的因素上。觉着太阳好不是件值得高兴的事情，风大才是关键。借助了"但是"的威力，风把阳光打败。

同时风很大——它更中性和客观，前言余音袅袅，后语也言之凿凿。不偏不倚，公道而平整。它使我们的心神安定，目光精准，两侧都观察得到，头脑中自有安顿。

一词背后，潜藏着的是如何看待世界和自身的目光。

花和虫子，一并存在。我们的视线降落在哪里？

"但是"，是一副偏光镜，让我们聚焦在虫子，把它的影子放得浓黑硕大。

"同时"，是一个透明的水晶球，均衡地透视整体。既看见虫子，也看见无数摇曳的鲜花。

尝试着用"同时"代替"但是"吧。时间长了，你会发现自己多了勇气，因为情绪得到保养和呵护。你会发现拥有了宽容和慈悲，因为更细致地发现了他人的优异。你能较为敏捷地从地上爬起，因为看到沟坎的同时也看到了远方的灯火……

孝心无价

听一位研究古文字的教授讲，"孝"这个字在甲骨文里的写法，是一个少年人牵着一位老人的手，慢慢地在走。"孝"字从右上到左下那长长的一撇，便是老人飘荡的胡须……

不知这说法是否为史学家定论，是否无懈可击，但它以一种恒远的温馨，包含着淡淡的苦楚沉淀我心，感到一种人类对自身生命的感怀，一种更为年轻的个体对即将逝去的年华无微不至的关顾与挽留。

"孝"是东方文化灿烂的遗产，但在我们这个国度里，身份却很有几分可疑。和它们比肩的"忠"的地位，则要光辉伟大得多。国家、民族、政党、军队……都是需要"忠"的，而在"忠孝不能两全"这句话的阴影下，"孝"好像成了"忠"的对立面，冰炭不相容。

和"忠"比起来，"孝"的范围似乎比较窄。前者面对的是众人，后者大约只包含自己的家人。回顾中国的近代史，国家民族奋战的艰难历程，在浸透血与火的车辙里，难得有

"孝"的位置。先驱的革命者，从域外窃得种子，带回这块苦难的大地。他们是有知识的年轻人，之所以曾受到良好的教育享有文化，多半和富裕的家境不可分，但他们义无反顾地向父辈的剥削阵营开火了。在黑暗的日子里，他们一定经历了心灵的分裂与决斗，最终决定背叛自己的阶级。于是在漫长的革命生涯中，他们缄口，不再谈"孝"。

参加革命的穷苦人，投了红军，当了八路，上了战场……他们走了，永不回头，但他们的父母留在饥寒交迫之中，饱受欺凌压迫，许多人被敌人残酷地杀害了。革命者不会后悔自己的选择，只有战斗才有胜利，这是唯一正确的道路。但我相信生者在每年中秋，仰望圆圆的明月，低下头都会黯然神伤。尽管有无数的理由，尽管责任完全不在个人，但在潜意识里，他们永不为自己辩解，苛刻地认定自己不孝。于是，他们也拒不谈"孝"。

新中国成长起来的这一代人，在他们风华正茂的时候，开始了"文化大革命"。几乎每一个人都向自己的父母造过反。在青春勃发期关心国家大事的同时，意外地从家里找到了火山的爆发口，以自己的父母为第一目标，那时曾多么兴高采烈，遗下的却是永久的悔恨。待到狂潮退去，知识青年上山下乡，凄凉地告别父母，远赴边陲，有的是身不由己的流放感，再没了丝毫选择的余地。即使有谁想到"父母在，不远游"，在那样的日子里，几乎相当于一句反动口号了。

后来他们返城。没有地方住，龟缩在父母的小屋，给已经年迈的父母更添一份烦乱。不要说尽孝了，还要垂垂老矣的父母为自家操心不已。薪水低少，需要父母补贴。没有房子住，和父母挤在一起。无人做饭，父母就是当然的炊事员。孩子无人照管，父母就是最好的保姆……多少次悄悄接过父母接济的银钱，理智上惭愧，手心却跃跃欲试地潮湿。太多的贫困，吞噬掉了儿女的自尊心，如果我们注定得接受馈赠，还是接受来自父母的施舍吧。在我们的内心深处，尚潜伏着一个善良坚定的愿望：爸爸妈妈，终有一天，一切都会好起来。我会将你们付给我的爱，加倍地偿还，让我们一道期待那一天吧。

现在天下太平，人间和睦，世道安宁，人们大胆地可以言孝了。"孝"里当然有糟粕，有可笑以至可恨的迂腐气息，但其合理的内核却值得我们长久咀嚼。

我不喜欢一个苦孩求学的故事。家庭十分困难，父亲逝去，弟妹嗷嗷待哺，可他大学毕业后，还要坚持读研究生，母亲只有去卖血……我以为那是一个自私的学子。求学的路很漫长，一生一世的事业，何必太在意几年蹉跎？况且这时间的分分秒秒都苦涩无比，需用母亲的鲜血灌溉！一个连母亲都无法挚爱的人，还能指望他会爱谁？把自己的利益放在至高无上的位置的人，怎能成为为人类献身的大师？

我也不喜欢父母重病在床，断然离去的游子，无论你有多少理由。地球离了谁都照样转动，不必将个人力量夸大到不可思议的程度。在一位老人行将就木的时候，将他对人世间最后的期冀斩断，以绝望之心在寂寞中远行，那是对生命的大不敬。

我相信每一个赤诚忠厚的孩子，都曾在心底向父母许下"孝"的宏愿，相信来日方长，相信水到渠成，相信自己必有功成名就衣锦还乡的那一天，可以从容尽孝。

可惜人们忘了，忘了时间的残酷，忘了人生的短暂，忘了世上有永远无法报答的恩情，忘了生命本身有不堪一击的脆弱。

父母走了，带着对我们深深的挂念。父母走了，遗留给我们永无偿还的心债。你就永远无以言孝。

有一些事情，当我们年轻的时候，无法懂得。当我们懂得的时候，已不再年轻。世上有些东西可以弥补，有些东西永无弥补。

"孝"是稍纵即逝的眷恋，"孝"是无法重视的幸福。"孝"是一失足成千古恨的往事，"孝"是生命与生命交接处的链条，一旦断裂，永无连接。

赶快为你的父母尽一份孝心。也许是一处豪宅，也许是一片砖瓦。也许是大洋彼岸的一只鸿雁，也许是近在咫尺的一个口信。也许是一顶纯黑的博士帽，也许是作业簿上的一个红五分。也许是一桌山珍海味，也许是一只野果一朵小花。也许是花团锦簇的盛世华衣，也许是一双洁净的旧鞋。也许是数以亿万计的金钱，也许只是含着体温的一枚硬币……

在"孝"的天平上，它们等值。

只是，天下的儿女们，一定要抓紧啊！趁你父母健在的光阴。

附耳细说

韩国的古书，说过一个小故事。

一位名叫黄喜的相国，微服出访，路过一片农田，坐下来休息。瞧见农夫驾着两头牛正在耕地。便问农夫，你这两头牛，哪一头更棒呢？农夫看着他，一言不发。等耕到了地头，牛到一旁吃草，农夫附在黄喜的耳朵边，低声细气地说，告诉你吧，边上那头牛更好一些。黄喜很奇怪，问，你干吗用这么小的声音说话？农夫答道，牛虽是畜类，心和人是一样的。我要是大声地说这头牛好那头牛不好，它们能从我的眼神手势声音里分辨出来我的评论，那头虽然尽了力，但仍不够优秀的牛，心里会很难过……

由此想到人，想到孩子，想到青年。

无论多么聪明的牛，都不会比一个发育健全的人，哪怕是稍明事理的儿童，更敏感和智慧。对照那个对牛的心理体贴入微的农夫，世上做成人做领导做有权评判他人的人，是不是经常在表扬或批评的瞬间，忽略了一份对心灵的抚慰？

　　父母常常以为小孩子是没有或是缺乏自尊心的，随意地大声呵斥他们，为了一点小小的过错，唠叨不止。不管是什么场合，有什么人在场，只顾自己说得痛快，全然不理会小小的孩子是否承受得了。以为只要是良药，再苦涩，孩子也应该脸不变色心不跳地吞下去，孩子越痛苦，越说明对这次教育的印象深刻，越能够起到举一反三的效力。

　　这样的父母，实在是想错了。

　　能够约束人们不再重蹈覆辙的唯一缰绳，是内省的自尊和自制。它的本质是一种对自己的珍惜和对他人的敬重，是对社会公有法则的遵守与服从。如果一个孩子从小就在无穷的心理折磨中丧失了尊严，无论他今后所受的教育如何专业，心理的阴暗和残缺很难弥补，人格潜伏着巨大危机。

　　人们常常以为只有批评才须注重场合，若是表扬，在任何时机任何情形下都是适宜的，这也是一个误区。

　　批评就像是冰水，表扬好比是热敷，彼此的温度不相同，但都是疗伤治痛的手段，批评往往能使我们清醒，凛然一振，深刻地反省自己的过失，迸发挺进的激奋。表扬则像温暖宜人的淋浴，使人血脉偾张，意气风发，产生勃兴向上的豪情。

　　但如果是在公众场合的批评和表扬，除了直接对对象的鞭挞和鼓励，还会涉及同时聆听的他人的反应。更不消说领导者常用的策略往往是这样：对个别人的批评一般也是对大家的批评，对某个人的表扬更是对大多数人的无言鞭策。至于做父母的，当着自家的孩子，频频提到别人孩子的品行作为，无论批评还是表扬，再幼稚的孩子也都晓得，更是醉翁之意不在酒的含沙射影。

批评和表扬永远是双刃的剑。使用得好，犀利无比，斩出一条通达的道路，使我们快速向前。使用得不当，就可能伤了自己也伤了他人，滴下一串串淋漓的鲜血。

我想，对于孩子来说，凡是隶属天分的那一部分，无论是表扬还是批评，都不必过多地拘泥于此。就像玫瑰花的艳丽和小草的柔弱，都有浓重的不可抵挡的天意蕴藏其中，无论其个体如何努力，可改变的幅度不会很大，甚至丝毫无补。玫瑰花绝不会变成绿色，小草也永无芬芳。

人也一样。我们许多与生俱来的特质，每个人都是不同的。比如相貌，比如身高，比如气力的大小，比如智商的高低……在这一范畴里，都大可不必过多地表扬或是批评。夸奖这个小孩子是如何的美丽，那个又是如何的聪明，不但无助于让他人有的放矢地学习，把别人的优点化为自己的长处，反倒会使没有受表扬的孩子滋生出满腔的怨怼，使那受表扬者繁殖出莫名的优越。批评也是一样，奚落这个孩子笨，嘲笑那个孩子傻，他们自己无法选择换一副大脑或是神经，只会悲观丧气，也许从此自暴自弃。旁的孩子在这种批评中无端地得了傲视他人的资本，便可能沾沾自喜起来，松懈了努力。

批评和表扬的主要驰骋疆域，应该是人的力量可以抵达的范围和深度。它们是评价态度的标尺而不是鉴定天资的分光镜。我们可以批评孩子的懒散，而不应当指责儿童的智力。我们可以表扬女孩把手帕洗得很洁净，而不宜夸赏她的服装高贵。我们可以批评临阵脱逃的怯懦无能，却不要影射先天的多病与体弱。我们可以表扬经过锻炼的强壮机敏，却不必太在意得自遗传的高大与威猛……

不宜的批评和表扬，如同太冷的冰水和太热的蒸汽，都会对我们精神造成破坏。孩子和年轻人的皮肤与心灵，更为精巧细腻。他们自我修复的能力还不够顽强，如果伤害太深，会留下终生难复的印迹，每到霪雨天便阵阵作痛。遗下的疤痕，侵犯了人生的光彩与美丽。

山野中一个农夫，对他的牛，都倾注了那样淳厚的爱心。人比牛更加敏感。因此无论表扬还是批评，让我们学会附在耳边，轻轻地说……

柔　和

　　"柔和"这个词，细想起来挺有意思的。先说"和"字，由禾苗和口两部分组成，那含义大概就是有了生长着的禾苗，嘴里的食物就有了保障，人就该气定神闲，和和气气了。

　　这个规律，在农耕社会或许是颠扑不破的。那时只要人的温饱得到解决，其他的都好说。随着社会和科技的发达进步，人的较低层次需要得到满足之后，单是手中有粮，就无法抚平激荡的灵魂了。中国有句俗话，叫作"吃饱了撑的——没事找事"。可见胃充盈了之后，就有新的问题滋生，起码无法达至完全的心平气和。

　　再说"柔"这个字。通常想起它的时候，好像稀泥一滩，没什么筋骨的模样。但细琢磨，上半部是"矛"，下半部是"木"——一支木头削成的矛，看来还是蛮有力度和攻击性的。柔是褒义，比如"柔韧、以柔克刚、刚柔相济、百炼钢化为绕指柔……"都说明它和阳刚有着同样重要的美学和实践价值。

　　记得早年当医学生的时候，一天课上先生问道，大家想想，用酒精消毒的时候，什么浓度为好？学生齐声回答，当然是越高越好啦！先生说，错了。太高浓度的酒精，会使细菌的外壁在很短的时间内凝固，形成一道屏障，后续的酒精就再也杀不进去了，细菌在壁垒后面依然活着。最有效的浓度，是把酒精的浓度调得柔和些，润物无声地渗透进去，效果才佳。

　　于是我第一次明白了，柔和有时比风暴更有力量。

　　柔和是一种品质与风格。它不是丧失原则，而是一种更高境界的坚守，一种不曾剑拔弩张，依旧扼守尊严的艺术。柔和是内在的原则和外在弹性充满和谐的统一，柔和是虚怀若谷的谦逊和冷暖相宜的交流。

　　现代人在风驰电掣的忙碌中，是多么期望自己和他人的柔和啊。不信，你看看报上的征婚广告，尽是征询性格柔和的伴侣，人们希望目光是柔和的，语调是柔和的，面庞的线条是柔和的，身体的张力是柔和的……

　　当我们轻轻念出"柔和"这个词的时候，你会觉得有一缕淡蓝色的温润，弥漫在唇舌之间。

　　有人追索柔和，以为那是速度和技巧的掌握。书刊上有不少教授柔和的小诀窍，比如怎样让嗓音柔和，手势柔和……我见过一个女孩子，为了使性情显出柔和，在手心用油笔写了大大的"慢"字，天天描一遍，掌总是蓝的，以致扬手时常吓人一跳，以为她练了邪门武功。这女孩并为自己规定每说一句话之前，在心中默数从一到十……她除了让人感到木讷和喜怒无常外，与柔和不搭界。

一个人的心如若不柔和，所有对外在柔和形式的摹仿和操练，都是沙上楼阁。

看看天空和海洋吧。当它们最美丽和博大、最安宁和清洁的时候，它们是柔和的。

只有成长了自己的心，才会在不经意间，收获了柔和。

我们的声音柔和了，就更容易渗透到辽远的空间。我们的目光柔和了，就更轻灵地卷起心扉的窗纱。我们的面庞柔和了，就更流畅地传达温暖的诚意。我们身体柔和了，就更准确地表明与人平等的信念。

柔和，是力量的内敛和高度自信的宁馨儿。愿你一定在某一个清晨，感觉出柔和像云雾一般悄然袭身。

家的疆域

一个家就像一潭水，经常有风和石头经过，扰乱平静。夫妻间发生争执的人和事，有时同自家没一点关系，颇有株连的味道。比如遥远的地方有一个女人死了，妻子说，真吓人啊。丈夫说，有什么了不起？这世上每天死的人多了去了。妻子就说，想不到你是这么一个绝情的人，有朝一日我死了，只怕你也无动于衷。丈夫说，这不是强加于人吗？她死和你死有什么关系呢？真小题大做！妻子说，我都要死了，你还说是小题，在你心里，究竟谁才是大事……于是，争吵就水到渠成地发生了。

家是一个那么容易发生地震的地方，其频率和烈度大大超乎我们的想象，震中却往往不足挂齿。好像人们相知得越多，越难以彼此从容地体谅。如果说我们对外界的人，还有耐心探讨动机的多种可能性，做出比较理性客观的判断，对在同一屋檐下爆发的争吵，几乎从一开始就认定对方是挑衅和非善意。我们可能为一件毫不相干的人和事，发起剧烈的口角，直到完全忘记了唇枪舌剑的诱因，只遗留下锋利言辞对彼此心灵的伤害。每逢阴雨，那伤痕还会像蚯蚓似的蠢蠢欲动。

或许对家庭的势力范围，做个明确的划分会有益处。家是我们共同的领地，它从建立那天起，就是一个崭新的国度。每个男人和女人，在婚前都有自己的疆界和朋友。走到一起来的时候，除了携着自身，还举一反三地带来了原先的爱好、习惯和亲朋……要知道，新组家庭的国境线，并不是男女双方原有管辖区域简单地算术叠加。如果你悲惨地那样以为了，就会对不期而至的遭遇战事惊诧莫名，被无穷的战火轻则熏伤重则灼灭。

每一对夫妻都需要细致地研究，这个刚刚诞生的小小联合体，有哪些不同的兴趣和特殊的禁忌。

当我们对某一人和事慷慨陈词的时候，也许表面上看不出血肉相依的联系，但实际上凸现的是自己对世间的特定视角。既然我们在其他场合，都可以谦虚地承认自己并非万能，在家中为什么要强硬地固执己见？想来是希望最亲近的人，能与自己心心相印。一旦遭到误解和反驳，愤怒和沮丧便呈现三倍的猛烈与尖锐。

所以，对于那些敏感而无关大局的话题，明智的办法就是像两个边境不清的邻国，各自后撤，以便维护和平共处。

无伤大雅的分歧，可避让与迂回。对远处的人和事，不妨模糊朦胧，求同存异。对那些有可能导致战火的危险话题，明智地腾挪躲闪。对共同感兴趣的部分，大张旗鼓同仇敌忾。

　　当然，疆域可以渗透，可以磨合，可以扩展，可以融会贯通天下大同。但那需要时间，很漫长的时间，也许一生一世。涂抹疆域界线的橡皮，只能是爱。持之以恒地相互热爱，甘远醇厚。爱到心驰神往，爱到天人合一。

　　家可以延伸得很远很远，包容大千世界。家可以蜷缩得很小很小，仅两个人也打得不可开交。家的边陲可以绿树成荫繁花似锦，围起一个小鸟的天堂。家也可以狼藉一片血流漂杵，筑成一双男女的死牢。关键需每位成员既是国王也是兵，建设它守卫它，和谐地调整家的内政外交，处理好家的边关防务。

　　在家的日子，我们要更宽容、更聪慧、更善良、更真诚。

　　家无垠。

友情：这棵树上只有一个果子，叫作信任

现代人的友谊，很坚固又很脆弱。它是人间的宝藏，需我们珍爱。

友谊的不可传递性，决定了它是一部孤本的书。我们可以和不同的人有不同的友谊，但我们不会和同一个人有不同的友谊。友谊是一条越掘越深的巷道，没有回头路可走。刻骨铭心的友谊也如仇恨一样，没齿难忘。

友情这棵树上只结一个果子，叫作信任。红苹果只留给灌溉果树的人品尝。别的人摘下来尝一口，很可能酸倒了牙。

友谊之链不可继承，不可转让，不可贴上封条保存起来而不腐烂，不可冷冻在冰箱里永远新鲜。

友谊需要滋养。有的人用钱，有的人用汗，还有的人用血。友谊是很贪婪的，绝不会满足于餐风饮露。友谊是最简朴同时也是最奢侈的营养，需要用时间去灌溉。友谊必须述说，友谊必须倾听。友谊必须交谈的时刻双目凝视，友谊必须倾听的时分全神贯注。友谊有的时候是那样脆弱，一句不经意的言

辞，就会使大厦顷刻倒塌。友谊有的时候是那样容易变质，一个未经证实的传言，就会让整盆牛奶变酸。

这个世界日新月异。在什么都是越现代越好的年代里，唯有友谊，人们保持着古老的准则。朋友就像文物，越老越珍贵。

礼物分两种，一种是实用的，一种是象征性的。

我喜欢送实用的礼物。

不单是因为它可为朋友提供立等可取的服务功能，更因为我的利己考虑。

此刻我们是朋友，十年以后不一定是朋友。

就算你耿耿忠心，对方也许早已淡忘。

速朽的礼物，既表达了我此时此刻的善意，又给予朋友可果腹可悦目可哈哈一笑或是凝神端详的价值，虽是一次性的，也留下美好的瞬间。我心足矣。

象征久远意义的礼物，若是人家不珍惜这份友谊了，留着就是尴尬。或丢或毁，都是物件的悲哀，我的心在远处也会颤抖。

若是给自己的礼物，还是具有象征意义的好。比如一块石子一片树叶，在别人眼里是那样普通，其中的美妙含义只有自己知晓。

电话簿是一个储存朋友的魔盒，假如我遇到困难，就要向他们发出求救信号。一种畏惧孤独的潜意识，像冬眠的虫子蛰伏在心灵的旮旯。人生一世，消失的是岁月，收获的是朋友。虽然我有时会几天不同任何朋友联络，但我知道自己牢牢地黏附于友谊网络之中。

利害关系这件事，实在是交友的大敌。我不相信有永久的利益，我更珍视患难与共的友谊。长留史册的，不是锱铢必较的利益，而是肝胆相照的情分。和朋友坦诚地交往，会使我们留存着对真情的敏感，会使我们的眼睛抹去云翳，心境重新开朗。

好脾气的悖论

记得一位老妈妈曾对我说，要为儿子挑一房好脾气的媳妇。我说，你怎么考察呢？她说，看为娘的脾气就知道女儿的性情了。过了几年，我问老人家，媳妇怎样？她说，啊呀呀，再没那么凶的了，属煤气罐的，一点就着！老人又说，轮到给小儿子说媳妇，这回特地挑了一家悍妇的女儿，果然竟是极温顺的。你说这是怎么回事？！她瞪着苍老的黄眼珠问我。

我不知道老妈妈的遭遇是否具有普遍性，也不认为脾气孬好是恋爱的先决，只是环顾四周的家庭，像这般悖论的情形，似乎还可找到不少。

一个在充满了爱意家庭中长大的孩子，却丧失最起码的温情，凶残地对亲人举起屠刀。一个极朴素的母亲，孩子反而奢靡成风。钵满缸流的富家子弟，横起杀人越货的贼心。勤俭本分人的后代，摇身成了江洋大盗。目不识丁的双亲，养育半打硕士博士。荒僻的山野，走出雄才大略的军师。贫寒人一旦发达，挥金如土。富甲天下的豪门，一毛不拔……

家庭通常是一个古老的模具，克隆出与前辈酷似的后代。此等异样情形，实在是一个悖论。设想因为父母脾气躁动，孩童自小在疾风暴雨中成长，经受锻炼考验，耐力反倒出众。家长若是老好人，四处懦弱逢迎，对孩子也唯命是从，自然易养出暴戾乖张之徒。周围的人手脚不停、操心不止，孩子手到擒来，端的惯成特号懒包。爹妈若一觉睡到日头红，孩子必得自我张罗早饭，无意中造就了一个勤快人。所以除了正面的培养，有时候，不妨利用悖论。

你想得到一个勇敢的孩子吗？月夜里，虽然他年纪幼小、体质孱弱，也让他横刀跃马地走在黑暗中，给人带路。

你想得到一个慷慨的孩子吗？无论你多么富有，不要平白无故给他金钱。每一分硬币必须让他用汗水兑换，然后不问那钱的去处，给他以完全的支配权。

你想得到一个清洁的孩子吗？看到他肮脏时，千万不要帮他洗涤，坚决袖起你的手，由着污浊下去。直到他自己忍无可忍，动手改变这局面，在新与旧的对比中，觉悟到洁净是一种舒适的状态和文明的美德。

你想得到一个智慧的孩子吗？当他遇到难题请教你的时候，除了给他一本书，什么都不要讲。坚决管住你的嘴巴，这是百发百中的诀窍！在几番艰苦的摸索之后，他自然在失败与挫折里聪明起来了。

你想得到一个独立自主的孩子吗？当他求助的时候，狠下心来，置若罔闻地看他哭泣和摸索。千万记得要装傻。不但要装得像，如果你有余力，最好再给他捣捣乱，孩子便会牢牢记住，世上最重要的事是依靠自己。

你想得到一个善于倾听、虚怀若谷、友好待人的孩子吗？当孩子兴致勃勃讲话的时候，毫不留情地把他打断，嘲笑他，然后走开，留他坐在那里孤独地发呆。如是者三，只要他不是一个过分麻木和愚钝的孩子，汲取了反面教训，就能学会宽容与共享快乐。

你想得到一个不推诿责任、不惊慌失措、在困境中依然沉着坚定、心理健康的现代人雏形吗？当他跌倒时，不要代他埋怨路的不平，不要伸出搀扶的手，甚至在他伤口流血的时候，也让他自我包扎。坚持冷静地作壁上观，孩子便在困境中顽强地爬起来，艰难昂扬地成长。

还可以举出很多看似生冷而昂然的手段。这也是一个悖论。谁又能说这里不溶解着父母更深的养育之爱和良苦的用心锻造呢？

失却四肢的泳者

一位外国女孩，给我讲了这样一个故事。

举办残障人运动会，报名的时候，来了一个失却了双腿的人，说，我要参加游泳比赛。登记小姐很小心地询问，您在水里将怎样地游呢？失却双腿的人说，我会用双手游泳。

又来了一个失却了双臂的人，也要报名参加游泳比赛，小姐问：您将如何游呢？失却双臂的人说，我会用双脚游泳。

小姐刚给他们登记完了，来了一个既没有双腿也没有双臂，也就是说，整个失却了四肢的人，也要报名参加游泳比赛。小姐竭力镇静着自己，小声问，您将怎样游泳？那人笑嘻嘻地答道：我将用耳朵游泳。

他失却四肢的躯体好似圆滚滚的梭。由于长久的努力，他的耳朵硕大而强健，能十分灵活地扑动向前。下水试游，如同一枚鱼雷出膛，速度比常人还快。于是，知道底细的人们暗暗传说，一个伟大的世界纪录即将诞生。

正式比赛那天，人山人海。当失却四肢的人出现在跳台上的时候，简直山呼海啸。发令枪响了，运动员"嘭嘭"入水。一道道白箭推进，浪花逬溅，竟令人一时看不清英雄的所在。比赛的结果出来了，冠军是失却双臂的人，亚军是失却双腿的人，季军是……

英雄呢？没有人看到英雄在哪里，起码是在终点线的附近，找不着英雄独特的身姿。真奇怪，大家分明看到失却四肢的游泳者跳进水里了啊！

于是更多的人开始寻找，终于在起点附近摸到了英雄。他沉入水底，已经淹死了。在他的头上，戴着一顶鲜艳的游泳帽，遮住了耳朵。那是根据泳场规则，在比赛前由一位美丽的姑娘给他戴上的。

我曾把这故事讲给旁人听。听完之后的反应，形形色色。

有人说，那是一个阴谋。可能是哪个想夺冠军的人出的损招，扼杀了别人才能保住自己。

有人说，那个来送泳帽的人，如果不是一个漂亮的女孩子就好了，泳者就不会神魂颠倒。就算全世界的人都忘记了他的耳朵的功能，他自己也会保持清醒，拒绝戴那顶美丽杀人的帽子。

有人说，既然没了手和脚，就该安守本分，游什么泳呢？要知道水火无情，孤注一掷的时候，风险随时会将你吞没。

有人说，为什么要有这么个混账的规则，游泳帽有什么作用？各行各业都有这种教条的规矩，不知害了多少人才，种种陋习何时才会终结?

我把这些议论告诉女孩儿,她说,干吗都是负面的?这是一个笑话啊,虽然有一点深沉。当我们完整的时候,奋斗比较容易。当我们没有手的时候,我们可以用脚奋斗。当我们没有脚的时候,我们可以用手奋斗。当我们手和脚都没有的时候,我们可以用耳朵奋斗。

但是,即使在这时,我们依然有失败甚至完全毁灭的可能。很多英雄,在战胜了常人难以想象的艰难困苦后,并没有得到最后的成功。

凶手正是自己的耳朵——你最值得骄傲的本领。

旷野与城市

城市是一粒粒精致的银扣，缀在旷野的墨绿色大氅上，不分昼夜地熠熠闪光。我所说的旷野，泛指崇山峻岭，河流海洋，湖泊森林，戈壁荒漠……一切人迹罕至保存原始风貌的地方。

旷野和城市，从根本上讲，是对立的。

人们多以为和城市相对应的那个词，是乡村。比如常说"城乡差别""城里人乡下人"，其实乡村不过是城市发育的低级阶段。再简陋的乡村，也是城市一脉血缘的兄长。

唯有旷野与城市永无声息地对峙着。城市侵袭了旷野昔日的领地，驱散了旷野原有的驻民，破坏了旷野古老的风景，越来越多地以井然有序的繁华，取代我行我素的自然风光。

城市是人类所有伟大发明的需求地，展览厅，比赛场，评判台。如果有一双慧眼从宇宙观看夜晚的地球，他一定被城市不灭的光芒所震撼。旷野是舒缓的，城市是激烈的。旷野是宁静的，城市喧嚣不已。旷野对万物具有强大的包容性，城市几乎是人的一统天下……

人们为了从一个城市越来越快地到达另一个城市，发明了各色各样的交通工具。人们用最先进的通信手段联结一座座城市，使整个地球成为无所不包的网络。可以说，人们离开广义上的城市已无法生存。

我读过一则登山报道，一位成功地攀上了珠穆朗玛峰的勇敢者，在返回营地的途中，遭遇暴风雪，被困且无法营救。人们只能通过卫星，接通了他与家人的无线电话。冰风暴中，他与遥距万里的城市内的妻子，讨论即将出生的孩子的姓名，飓风为诀别的谈话伴奏。几小时后，电话再次接通主峰，回答城市呼唤的是旷野永恒的沉默。

我以为这凄壮的一幕，具有几分城市和旷野的象征。城市是人们用智慧和心血、勇气和时间、一代又一代堆积起来的庞然大物，在城市里，到处是文明的痕迹，以至于后来的人们，几乎以为自己披甲执兵，无坚不摧。但在城市以外的广袤大地，旷野无声地统治着苍穹，傲视人寰。

人们把城市像巨钉一样，揳入旷野，并以此为据点，顽强地繁衍着后代，创造出流光溢彩的文明。旷野在最初，漠然置之，甚至是温文尔雅地接受着。但旷野一旦反扑，人就一筹莫展了。玛雅古城，庞贝古城……一系列历史上辉煌的城郭名字，湮灭在大地的皱褶里。

人们建造了越来越多越来越大的城市，以满足种种需要，旷野日益退缩着。但人们不应忽略旷野，漠视旷野，而要寻觅出与其相亲相守的最佳间隙。善待旷野就是善待人类自身，要知道，人类永远不可能以城市战胜旷野，旷野是大自然的肌肤。皮之不存，毛将焉附?!

珍惜愤怒

小时候看电影，虎门销烟的英雄林则徐在官邸里贴一条幅"制怒"。由此知道怒是一种凶恶而丑陋的东西，需要时时去制服它。

长大后当了医生，更视怒为健康的大敌。师传我，我授人；怒而伤肝，怒较之烟酒对人为害更烈。人怒时，可使心跳加快，血压升高，瞳孔散大，寒毛竖紧……一如人们猝然间遇到老虎时的反应。

怒与长寿，好像是一架跷跷板的两端，非此即彼。

人们渴望强健，人们于是憎恶愤怒。

我愿以我生命的一部分为代价，换取永远珍惜愤怒的权利。

愤怒是人的正常情感之一，没有愤怒的人生，是一种残缺。当你的尊严被践踏，当你的信仰被玷污，当你的家园被侵占，当你的亲人被残害，你难道不滋生出火焰一样的愤怒吗？当你面对丑恶面对污秽，面对人类品质中最阴暗的角落，面对黑夜里横行的鬼魅，你难道能压抑住喷薄而出的愤怒吗?!

　　愤怒是我们生活中的盐。当高度的物质文明像软绵绵的糖一样簇拥着我们的时候，现代人的意志像被泡酸了的牙一般软弱。小悲小喜缠绕着我们，我们便有了太多的忧郁。城市人的意志脱了钙，越来越少倒拔垂杨柳强硬似铁怒目金刚式的愤怒，越来越少见幽深似海水波不兴却孕育极大张力的愤怒。

　　没有愤怒的生活是一种悲哀。犹如跳跃的麋鹿丧失了迅速奔跑的能力，犹如敏捷的灵猫被剪掉胡须。当人对一切都无动于衷，当人首先戒掉了愤怒，随后再戒掉属于正常人的所有情感之后，人就在活着的时候走向了永恒——那就是死亡。

　　我常常冷静地观察他人的愤怒，我常常无情地剖析自己的愤怒，愤怒给我最深切的感受是真实，它赤裸而新鲜，仿佛那颗勃然跳动的心脏。

　　喜可以伪装，愁可以伪装，快乐可以加以粉饰，孤独忧郁能够掺进水分，唯有愤怒是十足成色的赤金。它是石与铁撞击一瞬痛苦的火花，是以人的生命力为代价锻造出的双刃利剑。

　　喜更像是一种获得，一种他人的馈赠。愁则是一枚独自咀嚼的青橄榄，苦涩之外别有滋味。唯有愤怒，那是不计后果不顾代价无所顾忌的坦荡的付出。在你极度愤怒的刹那，犹如裂空而出横无际涯的闪电，赤裸裸地裸露了你最隐秘的内心。于是，你想认识一个人，你就去看他的愤怒吧!

　　愤怒出诗人，愤怒也出统帅、出伟人、出大师，愤怒驱动我们平平常常的人做出辉煌的业绩。只要不丧失理智，愤怒便充满活力。

怒是制不服的，犹如那些最优秀的野马，迄今没有任何骑手可以驾驭它们。愤怒是人生情感之河奔泻而下的壮丽瀑布，愤怒是人生命运之曲抑扬起伏的高亢音符。

珍惜愤怒，保持愤怒吧！愤怒可以使我们年轻。纵使在愤怒中猝然倒下，也是一种生命的壮美。

我眉飞扬

　　眉毛对人并不是非常重要的。我之所以这么说，是因为人如果没有了眉毛，最大的变化只是可笑。脸上的其他器官，倘若没有了，后果都比这个损失严重得多。比如没有了眼睛，我说的不是瞎了，是干脆被取消掉了，那人脸的上半部变得没有缝隙，那就不是可笑能囊括的事，而是很可怕的灾难了。要是一个人没有鼻子，几乎近于不可思议，脸上没有了制高点，变得像面饼一样平整，多无聊呆板啊。要是没了嘴，脸的下半部就没有运动和开阖，死板僵硬，人的众多表情也就没有了实施的场地，对于人类的损失，肯定是灾难性的。流传的相声里，有理发师捉弄顾客，问："你要不要眉毛啊？"顾客如果说要，他就把眉毛剃下来，交到顾客手里。如果顾客说不要呢，他也把顾客的眉毛剃下来，交到顾客手里。反正这对可怜的眉毛，在存心不良的理发师傅手下，是难逃被剃光的下场了。但是，理发师傅再捣蛋，也只敢在眉毛上做文章，他就不能问顾客："你要不要鼻子啊？"按照他的句式，再机灵的顾客，也是难逃鼻子被割下的厄运。但是，他不问。不是因为这个圈套不完美，而是因为即使顾客被套住了，他也无法操作。同理，脸上的眼睛和嘴巴，都不能这样处置。可见，只有眉毛，是面子上无足轻重的设备了。

但是，也不。比如我们形容一个人快乐，总要说他眉飞色舞；说一个男子英武，总要说他剑眉高耸；说一个女子俊俏，总要说她蛾眉入鬓；说到待遇的不平等，总也忘不了眉高眼低这个词；还有柳眉倒竖、眉开眼笑、眉目传情、眉头一皱计上心来……哈，你看，几乎在人的喜怒哀乐里，都少不了眉毛的份。可见，这个平日只是替眼睛抵挡汗水和风沙的眉毛，在人的情感词典里，真是占有不可忽视的位置呢。

我认识一位女子，相貌身材肤色连牙齿，哪里长得都美丽。但她对我说，对自己的长相很自卑。我不由得又上上下下左左右右地将她打量了个遍，就差没变成一架 B 超仪器，将她的内脏也扫描一番。然后很失望地对她说，对不起啦，我实在找不到你有哪处不够标准，还请明示于我。她一脸沮丧地对我说，这么明显的毛病你都看不出，你在说假话。你一定是怕我难受，故意装傻，不肯点破。好吧，我就告诉你，你看我的眉毛！

我这才凝神注意她的眉毛。很粗很黑很长，好似两把炭箭，从鼻根耸向发际……

我说，我知道那是你画了眉，所以也没放在心里。

女子说，你知道，我从小眉毛很淡，而且是半截的。民间有说法，说是半截眉毛的女孩会嫁得很远，而且一生不幸。我很为眉毛自卑。我用了很多方法，比如人说天山上有一种药草，用它的汁液来画眉毛，眉毛就会长得像鸽子的羽毛一样光彩颀长，我试了又试，多年用下来，结果是眉毛没见得黑长，手指倒被那种药草染得变了颜色……因为我的眉毛，我变得自卑而胆怯，所有需要面试的工作，我都过不了关，我觉得所有考官都在直眉瞪眼地盯着我的眉毛……你看你看，直眉瞪眼这个词，本身就在强调眉毛啊……心里一慌，给人的印象就手足无措，回答问题也是语无伦次的，哪怕我的笔试成绩再好，也惨遭淘汰。失败的次数多了，我更没信心了。以后，我索性专找那些不必见人的工作，猫在家里，一个人做，这样，就再也不会有人见到我的短短的暗淡的眉毛了，我觉得安全了一些。虽然工作的薪水少，但眉毛让我低人一等，也就顾不了那么多了。

　　我吃惊道，两弯短眉毛，就这样影响你一生吗？

　　她很决绝地说，是的，我只有拼力弥补。好在商家不断制造出优等的眉笔，我画眉的技术天下一流。每天，我都把自己真实的眉毛隐藏起来，人们看到的都是我精心画出的美轮美奂的眉毛。不会有人看到我眉毛的本相。只有睡觉的时候，才暂时地恢复原形。对于这个空当，我也做了准备，我设想好了，如果有一天我睡到半夜，突然被火警惊起，我一不会抢救我的财产，二不会慌不择路地跳楼，我要做的最重要的一件事，就是掏出眉笔，把我的眉毛妥妥帖帖画好，再披上一条湿毛毯匆匆逃命……

我惊讶得说不出话来，然后是深切的痛。我再一次深深体会到，一个人如果不能心悦诚服地接受自己的外形，包括身体的所有细节，那会在心灵上造成多么锋利持久的伤害。如霜的凄凉，甚至覆盖一生。

至于这位走火也画眉的女子，由于她内心的倾斜，在平常的日子里，她的眉笔选择得过于黑了，她用的指力也过重了，眉毛画得太粗太浓，显出强调的夸张和滑稽的戏剧化了……她本想弥补天然的缺陷，但在过分补偿的心理作用下，即使用了最好的眉笔，用了漫长的时间精心布置，也未能达到她所预期的魅力，更不要谈她所渴望的信心了。

眉毛很重要。眉毛是我们脸上位置最高的饰物。（假如不算沧桑之刃在我们的额头上镌刻的皱纹）一对好的眉毛，也许在医学美容专家的研究中，会有着怎样的弧度怎样的密度怎样的长度怎样的色泽……但我想，眉毛最重要的功能，除了遮汗挡沙之外，是表达我们真实的心境。当我们自豪的时候，它如鹰隼般飞扬；当我们思索的时候，它有力地凝聚；当我们哀伤的时候，它如半旗低垂；当我们愤怒的时候，它——扬眉剑出鞘……

假如有火警响起，我希望那个女子能够在生死关头，记住生命大于器官，携带自己天然的眉毛，从容求生。

我眉飞扬。不论在风中还是雨中，水中还是火中。

行使拒绝权

拒绝是一种权利，就像生存是一种权利一样。古人说，有所不为才能有所为。这个"不为"，就是拒绝。人们常以为拒绝是一种迫不得已的防卫，殊不知它更是一种主动的选择。

纵观我们的一生，选择拒绝的机会，实在比选择赞成的机会要多得多。因为生命属于我们只有一次，要用唯一的生命成就一番事业，就需在千百条道路中寻觅仅有的花径。我们确定了"一"，就拒绝了九百九十九。拒绝如影随形，是我们一生不可拒绝的密友。

我们无时无刻不是生活在拒绝之中，它出现的频率，远较我们想象得频繁。你穿起红色的衣服，就是拒绝了红色以外所有的衣服。

你今天上午选择了读书，就是拒绝了唱歌跳舞，拒绝了参观旅游，拒绝了与朋友的聊天，拒绝了和对手的谈判……拒绝了支配这段时间的其他种种可能。

你的午餐是馒头和炒菜，你的胃就等于庄严宣布同米饭、饺子、馅饼和各式各样的煲汤绝缘。无论你怎样逼迫它也是枉然，因为它容积有限。

你选择了律师这个职业，毫无疑问就等于拒绝了建筑师的头衔。也许一个世纪以前，同一块土地还可套种，精力过人的智慧者还可多方向出击，游刃有余。随着现代社会的发展，任何一行都需从业者的全力以赴，除非你天分极高，否则兼做的最大可能性，是在两条战线功败垂成。

你认定了一个男人或是一个女人为终身伴侣，就斩钉截铁地拒绝了这世界上数以亿计的男人或女人，也许他们更坚毅更美丽，但拒绝就是取消，拒绝就是否决，拒绝使你一劳永逸，拒绝让你义无反顾，拒绝在给予你自由的同时，取缔了你更多的自由。拒绝是一条单航道，你开启了闸门，江河就奔涌而去，无法回头。

拒绝对我们如此重要，我们在拒绝中成长和奋进。如果你不会拒绝，你就无法成功地跨越生命。拒绝的实质是一种否定性的选择。

拒绝的时候，我们往往显得过于匆忙。

我们在有可能从容拒绝的日子里，胆怯而迟疑地挥霍了光阴。我们推迟拒绝，我们惧怕拒绝。我们把拒绝比作困境中的背水一战，只要有一分可能，就鸵鸟式地缩进沙砾。殊不知当我们选择拒绝的时候，更应该冷静和周全，更应有充分的时间分析利弊与后果。拒绝应该是慎重思虑之后一枚成熟的浆果，而不是强行捋下的酸葡萄。

拒绝的本质是一种丧失，它与温柔热烈的赞同相比，折射出冷峻的付出与掷地有声的清脆，更需要果决的判断和一往无前的勇气。

你拒绝了金钱，就将毕生扼守清贫。

你拒绝了享乐，就将布衣素食天涯苦旅。

你拒绝了父母，就可能成为飘零的小舟，孤悬海外。

你拒绝了师长，就可能被逐出师门，自生自灭。

你拒绝了一个强有力的男人的帮助，他可能反目为仇，在你的征程上布下道道激流险滩。

你拒绝了一个神通广大的女人的青睐，她可能笑里藏刀，在你意想不到的瞬间刺得你遍体鳞伤。

你拒绝上司，也许象征着与一个如花似锦的前程分道扬镳。

你拒绝了机遇，它永不再回头光顾你一眼，留下终身的遗憾任你咀嚼。

……

拒绝不像选择那样令人心情舒畅，它森严的外衣里裹着我们始料不及的风刀霜剑。像一种后劲很大的烈酒，在漫长的夜晚，使我们头痛目眩。

于是我们本能地惧怕拒绝。我们在无数应该说"不"的场合沉默，我们在理应拒绝的时刻延宕不决。我们推迟拒绝的那一刻，梦想拒绝的冰冷体积，会随着时光的流逝逐渐缩小以至消失。

可惜这只是我们善良的愿望，真实的情境往往适得其反。我们之所以拒绝，是因为我们不得不拒绝。

不拒绝，那本该被拒绝的事物，就像菜花状的癌肿，蓬蓬勃勃地生长着、浸润着，侵袭我们的生命，一天比一天更加难以救治。

拒绝是苦，然而那是一时之苦，阵痛之后便是安宁。

不拒绝是忍，心字上面一把刀。忍是有限度的，到了忍无可忍的那一刻，赔误的是时间，收获的是更大的痛苦与麻烦。

拒绝是对一个人胆魄和心智的考验。

因为拒绝，我们将伤害一些人。这就像春风必将吹尽落红一样，有时是一种进行中的必然。如果我们始终不拒绝，我们就不会伤害别人，但是我们伤害了一个跟自己更亲密的人，那就是我们自己。

拒绝的味道，并不可口。当我们鼓起勇气拒绝以后，忧郁的惆怅伴随着我们，一种灵魂被挤压的感觉，久久挥之不去。

因为惧怕这种难以言说的感觉，我们有意无意地减少了拒绝。

在人生所有的决定里，拒绝是属于破坏而难以弥补的粉碎性行为。这一特质决定了我们在做出拒绝的时候，需要格外的镇定与慎重。

然而拒绝一旦做出，就像打破了的牛奶杯，再不会复原。它凝固在我们的脚步里，无论正确与否，都不必原地长久停留。

拒绝是没有过错的，该负责任的是我们在拒绝前做出的判断。

不必害怕拒绝，我们只需更周密的决断。

拒绝是一种删繁就简，拒绝是一种举重若轻。拒绝是一种大智若愚，拒绝是一种水落石出。

当利益像万花筒一般使你眼花缭乱之时，你会在混沌之中模糊了视线。尝试一下拒绝吧。

你依次拒绝那些自己最不喜欢的人和事，自己的真爱就像退潮时的礁岩，嶙峋地凸现出来，等待你的攀缘。

当你抱怨时间像被无数餐刀分割的蛋糕，再也找不到属于你自己的那朵奶油花时，尝试一下拒绝。

你把所有可做可不做的事拒绝掉，时间就像湿毛巾里的水，一滴一滴地拧出来了。

当你发现生活中蕴含着太多的苦恼，已经迫近一个人能够忍受的极限，情绪面临崩溃的边缘时，尝试一下拒绝吧。

你也许会发现，你以前不敢拒绝，是因为怕增添烦恼。但是恰恰相反，拒绝像一柄巨大的梳子，快速地理顺了杂乱无章的日子，使天空恢复明朗。

当你被陀螺般旋转的日子搅得耳鸣目眩，忘记了自己是从哪里来、要到哪里去的时候，尝试一下拒绝吧。

你会惊讶地发觉自己从复杂的包装中清醒，唤起久已枯萎的童心，感叹我们每一个人都是自然之子。拒绝犹如断臂，带有旧情不再的痛楚。

拒绝犹如狂飙突进，盈育天马横空的独行。

拒绝有时是一首挽歌，回荡袅袅的哀伤。

拒绝更是破釜沉舟的勇气，一种直面淋漓鲜血惨淡人生的气概。

拒绝也不可太多啊。假如什么都拒绝，就从根本上拒绝了每个人只有一次的辉煌生命。要智慧地勇敢地行使拒绝权。

这是我们每个人与生俱来的权利，这是我们意志之舟劈波斩浪的白帆。

天使和魔鬼的较量

一天，突然想就天使和魔鬼的数量，做一番民意测验。先问一个小男孩，你说是天使多啊还是魔鬼多？孩子想了想说，天使是那种长着翅膀的小飞人，魔鬼是青面獠牙要下油锅炸的那种吗？我想他脑子中的印象，可能有些中西合璧，天使是外籍的，魔鬼却好像是国产。纠正说，天使就是好神仙，很美丽。魔鬼就是恶魔王，很丑的那种。简单点讲，就是好的和坏的法力无边的人。小男孩严肃地沉默了一会儿，说，我想还是魔鬼多。

我穷追不舍地问，各有多少呢？

孩子回答，我想，有100个魔鬼，才会有一个天使。

于是我知道了，在孩子的眼中，魔和仙的比例是一百比一。

又去问成年的女人。她们说，婴孩生下的时候，都是天使啊。人一天天长大，就是向魔鬼的路上走。魔鬼的坏子在男人里含量更高，魔性就像胡子，随着年纪一天天浓重。中年男人

211

身上，几乎都能找到魔鬼的成分。到了老年，有的人会渐渐善良起来，恢复一点天使的味道。只不过那是一种老天使了，衰老得没有力量的天使。

我又问，你以为魔鬼和天使的数量各有多少呢？

女人们说，要是按时间计算，大约遇到10次魔鬼，才会出现一次天使。天使绝不会太多的。天使聚集的地方，就是天堂了。你看我们周围的世界，像是天堂的模样吗？

在这铁的逻辑面前，我无言以对，只有沉默。于是去问男人，就是那被女人称为魔性最盛的那种壮年男子。他们很爽快地回答，天使嘛，多为小孩和女人，全是没有能力的细弱种类，缥缈加上无知。像蚌壳里面的透明软脂，味道鲜美但不堪一击。世界绝不可能都由天使组成，太甜腻太懦弱了。魔鬼一般都是雄性，虽然看起来丑陋，但腾云驾雾，肌力矫健。掌指间呼风唤雨，能量很大。

我说，数量呢？按你的估计，天使和魔鬼，各占世界的多少份额？

男人微笑着说，数量其实是没有用的，要看质量。一个魔鬼，可以让一打天使哭泣。我固执地问下去，数量加质量，总有个综合指数吧？现在几乎一切都可用数字表示，从人体的曲线到原子弹的当量。

男人果决地说，世上肯定有许多天使，但在最终的综合实力上，魔鬼是"1"，天使是"0"。当然，"0"也是一种存在，只不过当它孤立于世的时候，什么也没有，什么也不是。不代表任一，不象征实体。留下的，唯有惨淡和虚无。无论多少个零叠加，都无济于事，圈环相套，徒然摞起一口美丽的黑井，里面蛰伏着天使不再飘逸的裙裾和生满红锈的爱情弓箭。但如果有了"1"挂帅，情境就大不一样了。魔鬼是一匹马，使整个世界向前，天使只是华丽的车轮，它无法开道。只有辚辚地跟随其后，用清晰的车辙掩盖跋涉的马蹄印。后来的人们，指着渐渐淡去的轮痕说：看！这就是历史。

我从这人嘴里，听到了关于天使和魔鬼最悬殊的比例——零和无穷大。

我最后问的是一位老人。他慈祥地说，世上原是没有什么魔鬼和天使之分的，它们是人幻想出来的善和恶的化身。它们的家，就是我们的心。智者早已给过答复，人啊人，一半是天使，一半是魔鬼。

我说，那指的是在某一刻在某一个人身上。我想问的是古往今来，宏观地看，人群中究竟是魔鬼多，还是天使多？假如把所有的人用机器粉碎，离心沉淀，以滤纸过滤，被仪器分离，将那善的因子塑成天使，将那恶的渣滓捏成魔鬼，每一品种都纯正地道，制作精良，将它们壁垒分明地重新排起队来，您以为哪一支队伍蜿蜒得更长？

老人不看我，以老年人的睿智坚定地重复，一半是天使，一半是魔鬼。

不管怎么说，这是在我所有征集到的答案里，对天使数目最乐观的估计——二一添作五。我又去查书，想看看前人对此问题的分析判断。恕我孤陋寡闻，只找到了外国的资料，也许因为"天使"这个词，原本就是舶来。

最早的记录见于4世纪。基督教先哲，亚历山大城主教，阿里乌斯教派的反对者圣阿塔纳西乌斯曾说过："空中到处都是魔鬼。"与他同时代的圣马卡里奥称魔鬼"多如黄蜂"。

1467年，阿方素·德·斯皮纳认为当时的魔鬼总数为133316666名。（多么精确！魔鬼的户籍警察真是负责。）

一百年以后，也就是16世纪中叶，约翰·韦耶尔认为魔鬼的数字没有那么多，魔鬼共有666群，每群6666个魔鬼，由66位魔王统治，共有44435622名。

随着中世纪蒙昧时代的结束，关于魔鬼的具体统计数目，就湮灭在科学的霞光里，不再见诸书籍。

那么天使呢？在魔鬼横行的时代，天使的人口是多少？这是问题的关键。

据有关记载，魔鬼数目最鼎盛的15世纪，达到1.3亿个时，天使的数目是整整4亿个！

我在这数字面前叹息。

人类的历史上，由于知识的蒙昧和神话的想象，曾经在传说中勾勒了无数魔鬼和天使的故事。在迷蒙的臆想中，在贫瘠的物质中，在大自然威力的震慑中，在荒诞和幻想中，天使和魔鬼生息繁衍着，生死搏斗着，留下无数可歌可泣的故事。祖先是幼稚的，也是真诚的。他们对世界的基本判断，仍使今天的我们感到震惊。即使是魔鬼最兴旺发达的时期，天使的人数也是魔鬼的3倍。也就是说，哪怕在最黑暗的日子里，天使依旧占据了这个世界的压倒多数。

当我把魔鬼和天使的统计数据，告诉他人的时候，不知为什么，许多人显出若有所失的样子，疑惑地问，天使，真的曾有75%那么多吗？

我反问道，那你以为天使应该有多少名呢？

他们回答，一直以为世上的魔鬼，肯定要比天使多得多！

为什么我们已习惯撞到魔鬼？为什么普遍认为天使无力？为什么越是对世界一无所知的孩童，越把魔鬼想象为无敌？为什么女人害怕魔鬼，男人乐以魔鬼自居？为什么老境将至时，会在估价中渐渐增加天使的数目？为什么当科学昌明，人类从未有过的强大以后，知道了世上本无魔鬼和天使，反倒在善与恶的问题上，大踏步地倒退，丧失了对世间美好事物的向往与信赖？

把魔鬼的力气、智慧、出现的频率和它们掌握的符咒，以及一切威力无穷的魑魅魍魉手段，整合在一起，我相信那一定是天文规模的数字。但人类没有理由悲观，要永远相信天使的力量。哪怕是单兵教练的时候，一名天使打败不了一个魔鬼，但请不要忘记，天使的数目，比起魔鬼来占了压倒优势，团结就是力量。如果说普通人的团结都可点土成金，天使们的合力，一定更具有斗转星移的神功。

感谢祖上遗留给我们的宝贵遗产，天使的基数比魔鬼多。推断下来，天使的力量与日俱增，也一定比魔鬼大。这种优势，哪怕是只多出一个百分点，也是签发给人类光明与快乐的保证书。反过来说，魔鬼在历史的进程中，也必定是一直居着下风。否则的话，假如魔鬼多于天使，加上不搞计划生育，它们苔藓一样蔓延，摩肩接踵，群魔乱舞，人间早成地狱。人类一天天前进着，这就是天使曾经胜利和继续胜利的可靠证据。更不消说，天使有时只需一个微笑，就会让整座魔鬼的宫殿坍塌。